언젠가 눈물나게
그리워할 하루

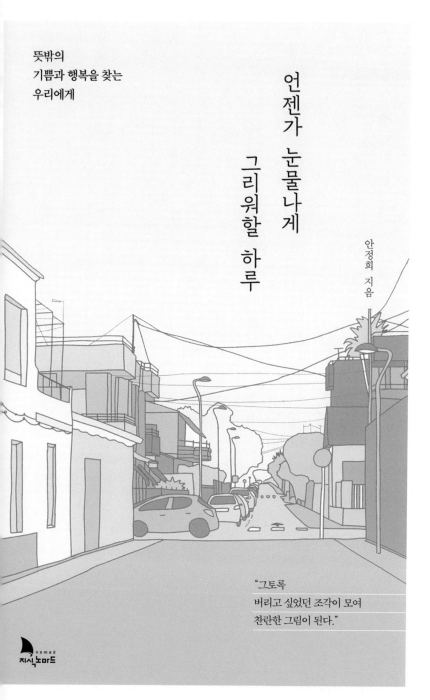

뜻밖의
기쁨과 행복을 찾는
우리에게

언젠가 눈물나게
그리워할 하루

안정희 지음

"그토록
버리고 싶었던 조각이 모여
찬란한 그림이 된다."

nomad
지식노마드

파란 나무 의자에 앉은 아르헨티나 할머니가

세상을 건너온 눈빛으로 말한다.

꽃 예쁘지?

내가 꽃이다 생각하고 살아.

차
례

안온한

하루

자꾸 자꾸 자꾸

사랑해

에필로그

프

롤

로

그

와 이래 어려운 걸 하라카노

"와 이래 어려운 걸 하라카노."

"할 수 있어. 엄마 꼼꼼하잖아.

상자에 있는 그림 보고 요렇게 맞추면 돼."

"학교도 못 나온 무식한 내가 우째 하노."

"퍼즐하고 학교하고 뭔 상관인데? 요만한 애들도 다 맞추거든."

"몬 한다!"

"아, 그럼 하지 마."

퍼즐을 확 치워버렸다.

성질 같아서는 쓰레기통에

보란 듯이 처박아버리고 싶었지만 꾹 참았다.

내가 엄마에게 퍼즐을 들이민 이유는

치매 때문이다.

정확하게는, 엄마가 치매 걸릴까 봐 겁나서이다.

엄마에겐 딸이 둘 있다.

큰딸은 미국에 있고

작은딸은 방안에 있다.

방안에 있는 딸은 늘 노트북 앞에 앉아 있는데

깊은 우물에서 상상을 길어 올리다 지치면

거실로 나왔다.

그때마다 발견했다.

소파에 앉아 벽을 보고 있는 엄마를.

"엄마, 뭐 해?"

엄마가 멍한 눈으로 돌아봤다.

덜컥 겁이 났다.

우리 엄마 치매 걸리면 어쩌지?

나 혼자 감당할 수 있을까?

서울 살 때만 해도 엄만 참 활발하셨다.
권사님 손 붙들고
주일예배, 구역예배, 온갖 기도회, 집회를 다니셨고
88체육관에서 수영도 하셨고
친구들과 어울려 경동시장도 다녀오시곤 했다.

하지만 딸은
서울에서 일산으로 파주로 계속 이사를 다녔고
그 탓에 엄만 교회를 옮겨야 했다.
당신 친구들과도 자연스레 멀어졌고.
그러다 척추협착증으로 오래 걷는 게 힘들어지고
큰 수술로 체력이 급격하게 떨어지자
엄만 아예 집안에 눌러앉으셨다.

내가 방안에서 우물물을 긷는 동안
엄만 소파에서 독도처럼
고요히 늙어 갔던 것이다.

"엄마?"

나직이 불러보았다.
엄마가 가만히 돌아보셨다.

몸이 언제 저렇게 작아졌을까.
등이 언제 저렇게 굽었을까.

뭔가 대책이 필요했다.
이기적인 딸이 기껏 생각해 낸 방법은

직소퍼즐.

이기적인 딸의 해결책

"몬 한다."
"어렵다."
"내한테 와 이걸 하라카노!"

엄만 몇 번이나 역정을 내셨고
그때마다 나는 퍼즐이 치매 예방에
얼마나 좋은지를 떠들어댔다.
결국 나는 이기적인 속내를 드러냈다.

"엄마가 치매에 걸리면 내가 너무 불쌍하잖아!"

다음 날 아침 거실에 나가 보니
엄마가 테이블 앞에 구부정하게 앉아 계셨다.
퍼즐을 맞추기 시작한 것이다.

"못 한다며?"
"궁금해가 본다."

엄마 곁에 가만히 앉았다.
퍼즐 테두리를 맞추기 시작했다.
옆에서 쳐다만 보는 엄마에게
퍼즐 한 조각을 쥐어주었다.

"엄마, 요기 넣어 봐. 요기…"

엄만 내가 가리킨 빈자리에 퍼즐을 넣었다.
쏙− 퍼즐은 마치 제자리를 찾아 행복하다는 듯
쏙! 들어갔다.

"어머!!"

엄만 아이처럼 좋아하셨다.

내 삶의 조각을 맞추는 시간

처음엔 엄마 옆에서 같이 맞추었다.
내가 하나를 맞추고 한 조각 손에 주면 엄마가 맞추고
또 내가 맞추고 한 조각 손에 주면 엄마가 또 맞추고
그러다 엄마가 내 엉덩이를 툭 쳐냈다.
나는 엄마를 퍼즐에게 맡기고
방으로 우물물을 길으러 들어갔다.

그랬는데.

다른 사람이 길어 올린 두레박엔 찰랑찰랑 물이 가득한데
내 두레박에만 물이 없었다.
고생해서 길어 올려도 죄다 쏟아져버렸다.
억울했다. 왜 나만. 이렇게 열심히 했는데 왜 나만.
이 길이 아니었나. 엉뚱한 곳에서 청춘을 낭비한 걸까.
우물은 시꺼먼 속내를 드러내며 어서 들어오라 유혹했고
두레박을 팽개친 나는 엄마에게 도망쳤다.

엄마는 지친 딸의 손에 퍼즐 한 조각을 주었다.
내가 제자리에 쏙 넣으면 또 한 조각을 주고.

제자리에 쏙 넣으면 또 한 조각을 주고.

이국의 바다와 파란 하늘과 하얀 구름이 펼쳐진 퍼즐.
인간이 무슨 짓을 해도
저 하늘은 어찌 저리 평화롭게 지켜만 주는지
나는 왜 이렇게 좁은 우물만 들여다보며 살았는지.
달리다 힘들면 쉬어도 괜찮은 것을
멈춰 서서 들꽃도 보고 새소리도 듣고
바람이 머리카락 쓰다듬어주는 손길도 느끼고.

그랬는데.

엄마는 내 손에 검은 조각 하나를 주었다.
꽃도 새도 하늘도 없는 검은 조각, 우물 같은 검은 조각.
쏙 제자리에 넣자 비로소 퍼즐이 완성되었다.
아, 세상에 필요 없는 조각은 없구나.
검은 우물 같은 조각이 있어야 사랑을 배우는구나.
이 사랑을 잘 흘려보내 한 사람이라도
위로를 받는다면 그게 성공이구나.
그제야 숨이 제대로 쉬어졌다.

나는 지금도 방안에 틀어박혀 우물물을 긷는다.
그러다 우물이 검은 속내를 드러내면 엄마에게 도망친다.

나중에

알게 되는 것들

언젠가
눈물나게
그리워할
하루

빼내야만 보이는
진실이 있다

가끔 엄마가 비명을 지르실 때가 있다.
몇 개 남은 퍼즐 조각이 지독하게 안 들어갈 때다.
그럴 땐 내가 출동한다.
하는 일은 단순하다.
잘못 들어간 조각 찾아내기.

위에서 가만히 내려다보면
교묘하게 그림 끊어진 곳이 보이는데
거기가 바로 조각이 잘못 들어간 곳이다.
잘못 들어간 조각들을 빼내면 생기는 빈자리에
안 들어가서 애를 먹었던 조각들을 넣으면

쏘옥-하고 빨리듯 들어간다.
쪼옥-
엄마의 고마움의 뽀뽀.
꼬불꼬불한 엄마의 머리카락이
내 뺨을 꼬불꼬불 간질인다.

빼내야만 보이는 진실이 있다.

삶의 잘못 들어간 조각을 빼내야만 빈자리가 생기고
그 빈자리에 딱 맞는 조각을 넣을 수 있다.

내 삶의 잘못 들어간 조각이 무엇인지 생각해본다.
상처받아 깨어져 어긋나버린 조각.
나를 보호하려고 성급하게 닫아버린 조각.
그것들을 찾아내는 것이 시작 아닐까.

우리가 쏘아 올린 화살은
언젠간 우리에게 돌아온다

풀.

언니의 직장 상사 이름이다. 풀을 몹시 싫어하는 언니는 꼭
필요할 때 아니고는 절대로 먼저 말을 걸지 않는다.

언니가 풀을 싫어하는 이유는 배신감 때문이다. 풀은 평소엔
직원들과 잘 지내다가도 신입만 들어오면 갑자기 돌변한다.
신입을 추켜세우기 위해 십여 년 함께 일한 직원들 깎아내리
기는 기본이요, 돌려 깎기, 짓밟기도 부지기수다.

언니도 처음엔 신입과 잘 지내려고 노력했다. 하지만 풀이
언니의 악의 없는 말에도 과민하게 반응하고, 신입의 무리한

금붕어The Gold Fish | 파울 클레Paul Klee | 150피스 | 퍼즐라이프

요구까지 수용하며 과하게 싸고돌자 마음이 상하고 말았다.

신입은 언니를 제치고 빠르게 올라가고 싶어 했다. 그러자 풀은 언니를 신입 발 앞에 재물로 던져주었다. '기죽을 필요 없어. 너도 조금만 하면 저만큼 할 수 있어. 기어 올라가 봐.' 언니의 오랜 헌신이나 충성 따위는 헌신짝처럼 버려졌다. 신입은 기고만장해졌고 급기야 절차 따위 무시하고 제멋대로 굴었다.

처음엔 언니도 참았단다. 사회생활이란 게 다 그렇지 뭐. 이런 일에 화를 내는 건 너무 속 좁아 보여. 리더가 알아서 하겠지.

하지만 참는 것도 한계가 있다. 피해는 속출했고 급기야 감당할 수 없는 지경에 이르자 언니는 풀에게 신입과의 허심탄회한 대화를 제안했다. 그 대화의 자리에서 풀은 신입이 아니라 언니를 깔아뭉갰다. 그것도 신입 앞에서.

"꼭 남편이 바람 피우는 기분이야. 배신감에 아주 그냥 치가 떨려."

풀의 사랑을 듬뿍 받던 신입은 얼마 뒤 사표를 내고 경쟁사로 옮겼다. 그리고 팀원들을 몰래 빼가려는 시도까지 하였다. 마음이 갈기갈기 찢긴 언니는 '사표'를 던지는 대신 '제자리 지키기'를 선택하였다. 언니는 자신을 죽이고 또 죽이며 힘을 길렀고 끝내 최고 리더까지 올라갔다.

"배신은 너만 할 수 있는 게 아니야. 나도 할 줄 알아. 네가 그따위로 배신을 밥먹듯 하지만 않았어도 난 널 배신하지 않았을 거야"

언니는 그 일을 교훈 삼아 무엇보다 마음을 가장 중요하게 여기는 리더로 자리매김하였다.

사람이 최고의 재산인데, 자기가 마치 왕이라도 된 듯 무소불위의 권력을 휘두르며 사람을 함부로 대하고 무시하던 풀은 혼자 덩그러니 남았다. 언니뿐 아니라 다른 직원마저 풀을 떠났다. 경쟁사로 간 신입은 똑같은 짓을 반복하다가 결국 쫓겨나고 말았다. 그녀는 일을 제대로 배우지 못한 채 업계를 떠났다.

우리가 쏘아 올린 화살은 언젠가는 우리에게 돌아온다. 화살은 직선이 아니라 곡선으로 날아가기에 돌고 돌고 돌아서 우리에게 온다. 곡선으로 돌기에 시간이 걸린다. 내가 쏘아 올린 화살에 아직 맞지 않았다면 긴장해야 한다. 세월의 더께를 입은 화살은 강력한 한 방이 되어 심장을 뚫어버릴 테니까.

그러니 빨리 맞자. 구멍 뚫린 심장을 부여잡고 통곡하기 전에. 검은 외로움이 덮치기 전에.

예쁜 엄마, 일어났어?

나는 '엄마의 프로필 사진은 왜 꽃밭일까'라는
곡을 참 좋아한다.

다른 엄마들처럼 우리 엄마도 꽃을 참 좋아한다.
딸의 성적이 상위권이든 말든 원예학과가 있다는 이유로
이름 모를 대학을 추천했다면 말 다 했지.
엄마는 내가 대학을 졸업하고 꽃집을 차렸으면 했지만
불행히도 나는 인문계였다.
원예학과는 처음부터 선택지에 없었다.

엄마는 평생 식물과 꽃을 사랑했다.

길바닥에 떨어진 알로에도 주워 와 화분에 심는 사람이었다.
엄마가 분갈이를 하면 나는 늘 옆에 쪼그리고 앉았다.
자갈을 가지런히 깔고
흙을 살살 털어 아기 궁뎅이 토닥이듯 올려주고
동그랗게 구멍을 만들어 식물을 쏙 넣고
마사토를 솔솔 뿌려주고
분 가장자리를 말끔하게 훔쳐내
베란다 양지바른 곳에 두면 완성!
그 흔한 영양제 하나 주지 않았는데도
알로에는 어찌나 무럭무럭 크던지.

세월이 흘러 어느 봄날
나는 아파트 쓰레기통 옆에 버려진 수국 화분을 주워 왔다.
마른 수국 가지 밑에 새파란 새순이 돋아나고 있었다.
깨진 플라스틱 화분에서 수국을 꺼내 예쁜 토분에 심은 후
위에 마사토를 뿌려주었다.
옆에 엄마가 쪼그리고 앉아 쳐다보고 있었다.
그 옛날의 나처럼.

"엄마, 꽃이 좋아?"
"좋다. 얼마나 이쁘노. 내는 이래 못생겼는데
꽃은 참말로 이쁘다."

엄마는 평생 예쁘다는 말보다
못생겼다는 말을 더 많이 들었다.
그 말 한 마디가 뭐라고 왜들 그렇게 안 해줬을까?
돈 달라는 것도 아닌데.

"예쁜 엄마, 일어났어?"
"예쁜 엄마, 저녁 먹자."
"예쁜 엄마, 뭐 해?"

엄마가 평생 못 들은 예쁘다는 말
내가 한꺼번에 몰아서 다 해줄 테다.

꽃이 만발한 화병과 하얀 꽃송이 Composition With Roses

장 밥티스트 로비 Jean-Baptiste Robie ｜ 1000피스 ｜ 챔버아트

사람이 날아다니지 않으면
재미가 없어

"나는 소설에 용이 안 나오면 재미가 없어."

오래전 친구가 한 말이다.
별 의미 없는 농담인 줄 알았는데
십여 년이 지난 지금 내가 비슷한 말을 하고 다닌다.

"난 사람이 날아다니지 않으면 재미가 없어."

한때 미스터리, 공포, 휴먼 드라마를 좋아했지만
이젠 오직 판타지만 본다.
드라마도 소설도 영화도 판타지가 나와야 한다.

그래야 읽는 맛, 보는 맛이 난다.

인생에 판타지가 없다는 사실을 깨달은 후부터
사는 게 재미 없어졌다.
매일 똑같은 사람과 똑같은 말, 똑같은 일을 반복하면서
일상이 행복이다, 일상을 사는 것에 감사해라!…라고
위안 삼는 짓을 언제까지 해야 할까.

삶에는 판타지가 필요하다.
피를 들끓게 할 무언가가 필요하다.
지붕 위의 바이올린이 필요하다.
달밤에 뛰쳐나와
줄을 타고 공중돌기를 하고
하늘을 날고 세상을 연주하는 사람이 필요하다.

우린 사랑하려고 태어났지
행복하려고 태어난 게 아냐

세상의 시선으로 보면 넌 내세울 게 없어.

유명하지도 않고, 자식도 없고, 남편도 없고, 돈도 없고.

그동안 네가 한 일이라고는 발버둥치고 깨어지는 것뿐이었어.

그래도 계속했어. 멈추지 않았지.

어제와 같은 오늘을 살고, 어쩌면 내일도 같겠지만

청춘이 퇴근길 저녁 노을처럼 지고

인생이 껍데기만 남아 가는 걸 지켜보며 계속 걸었지.

그 하루하루가, 어제와 같은 오늘이,

오늘과 같은 내일이 너의 자양분이야.

썸머 파티Summer Party
그랜마 모지스Grandma Moses | 1000피스 | 챔버아트

깨어진 네 인생 한가운데 즙을 짜서 사람들에게 먹여.

누군가는 울 수도 있고

누군가는 위로받을 수도 있고

누군가는 치료받을 수도 있어.

사람이 사람을 치유한다는 건

굉장히 가치 있는 일이야.

너에게도 큰 의미가 있을 거야.

인생을 보는 기준을 바꿔.

물론 외롭고 공허할 때도 많지.

근데 남편이 있고 자식이 있어도 마찬가지야.

그들이 너의 외로움과 공허를 해결해주지 못해.

자아 성취를 하면 외로움과 공허가 해결되겠어?

아니야. 왜 그런 줄 알아?

우린 사랑하기 위해서 태어났거든.

그래서 우린 깨어지고 아파해야 해.

그래야 사랑하는 법을 배우거든.

우린 사랑하려고 태어났지

행복하기 위해 태어난 게 아니야.

늙은호박처럼 달달한 우리 엄마

늙은호박을 총총 채 썰어 밀가루, 달걀 넣고 휘휘 저어 노랗게 전을 부쳤다. 늙은호박전을 쭉쭉 찢어 먹던 엄마가 쇠젓가락처럼 툭 던진 말. "늙으니까 아무 쓸모가 없지?"

너무 갑작스러웠을까. 바로 대답하지 못하고 엄마 얼굴만 빤히 쳐다봤다. 아, 엄마가 등 뒤에서 나를 보고 있었구나. 늙은호박전을 굽는 딸을 보며 자신이 참 쓸모없다고 생각하셨구나.

엄마는 전을 참 잘 구우셨다. 미나리전, 배추전, 파전, 부추전… 얇고 바삭바삭하고 고소하게 잘 구우셨다. 전은 얇아야 맛있다. 뒤집기로 가운데부터 쭉쭉 눌러서 펴줘야 한다. 나는 엄마에게 전 굽는 법을 배웠다. 그래서 나도 전을 꽤 잘 굽는다. 엄마는 손이 간질간질하셨을 것이다. 늙은호박전을 굽고 싶어서.

"늙어서 좋은데?"
"늙은 게 뭐가 좋노?"
"엄마가 젊었을 때는 나 좀 힘들었어. 이래야 한다, 저래야 한다 막 강요했잖아. 근데 이제 늙고 기운 없으니까, '이래도 좋다', '저래도 좋다', '좋은 게 좋다', '니가 양보하고 살아라', '니가 좀 손해 보고 살아라' 그렇게 말하니까 좋아. 늙은 엄마가 좋아."
엄마의 눈이 초승달처럼 휘어진다. 소담하니 앉은 엄마가 늙은호박처럼 달달해 보인다.

"호박전이 참 달다. 늙어서 참 달다."

폭삭

남들이 제로에서 시작했다면
나는 저 깊은 마이너스에서 시작했어.
죽어라 고생고생해서 닿은 곳은 끝내 제로.
평생 한 일이 마이너스 메우기라는 게 너무 억울해.

그런데 제로에서 시작했다고 마냥 좋은 것 같지는 않아.
마이너스에서 시작하면
온갖 대가를 치르고 제로에 도착하지만,
제로에서 시작하면
대가를 치르지 않았기 때문에 절대 알지 못해.
인생이 이해할 수도 없고

이해하고 싶지도 않은 일투성이라는 것을.
혹독한 대가가 따른다는 것을.

제로에서 시작한 사람은 성을 세우지.
세운 성 위에 앉아 세상을 내려다봐.
하지만 인생은 호락호락하지 않아.

바벨탑 Tower Of Babel | 피테르 브뢰헬Pieter Bruegel le Vieux
1000피스 | 퍼즐라이프

어느 날 가벼운 지진이 나고

폭삭

성이 무너지고 나서야 깨닫지.

견고한 줄 알았던 내 성이 실은 모래성이었음을.

안 무너지면 그게 더 무서워.

내가 사랑하는 누군가가 나 대신 무너질 테니까.

차라리 내가 무너지는 게 낫지,

그걸 어떻게 두 눈 뜨고 지켜봐.

그러니까 마이너스에서 시작했다고 억울해할 필요 없어.

어차피 우린 모두 제로를 향해 가고 있으니까.

변별력 없는 하루하루의 조각

큰 그림이 많고 색이 다양한 퍼즐은 맞추기가 쉽다.

중앙에 있는 큰 그림부터 맞추면 되니까.

나무와 풀, 사람의 크기가

엇비슷한 퍼즐은 난이도가 꽤 높다.

마치 평화가 가장 어려운 것처럼.

변별력 없는 조각들 사이를 헤매던 나는

결국 비명을 지르고 말았다.

뜯어버리려니 이제까지 맞춰놓은 게 아깝고

계속 맞추려니 속 터지고…

계륵이다.

발로 살살 밀어 거실 구석으로 퍼즐을 유배 보냈다.

유배까지 갔으면 조용히 있을 일이지
이 퍼즐은 왜 이리 번잡스러운지
소소한 바람에도 바스락
발에 툭툭
소파 밑에서 한 조각
밥상 아래에서도 한 조각
침대에 숨어 있다 들키질 않나
별짓을 다 하니 보통 신경 쓰이는 게 아니다.

이걸 어쩐다.

아레아레아(기쁨)Arearea(Joyeusetés) | 폴 고갱 Paul Gauguin | 500피스 | 챔버아트

결국 나침반을 집어든다.

먼저 이 길을 걸어간 자들의 완성작이다.

이들 완성작을 보며 맞추다 보니 어느새 구백 조각.

남은 백 조각은 신들린 듯

제자리에 쪽쪽 들어가니 그야말로 껌이다.

때때로 길이 보이지 않을 때

절망의 조각을 집어야만 할 때

앞선 발자취를 더듬어보는 것도 좋은 방법이다.

고요하고 평화로운 하루

어제와 오늘과 내일이 별반 다르지 않을 것 같은 하루

어쩌면 삶을 이루는 것은 굵직한 사건이 아니라

변별력 없는 하루하루의 조각임을 깨닫는다.

함께 살아가는 법은
의외로 단순해

친구네 옆집 정원은 참 예쁘고 아기자기하다. 계절이 바뀔 때마다 몸을 풀어대는 알록달록한 꽃들. 수국, 모란, 다알리아, 탐스러운 장미와 제라늄, 만데빌라… 언제든 차를 마실 수 있는 흰색 나무 테이블과 처마 밑 가지런히 놓인 수석들과 분재 화분들. 노년의 소박한 여유를 보여주는 정원이다.

이런 완벽한 정원을 망치는 녀석이 있다. 길고양이. 요 녀석들이 얄밉게도 아저씨 정원에 흔적을 남기기 시작한 것이다. 아저씨는 녀석들의 냄새 때문에 몹시 화가 났다. 녀석들의 흔적은 친구네 집에서도 가끔 발견됐다. 그러나 친구에게 정원은 그저 바람 좋은 날 벤치에 길게 누워 파릇파릇한 잔디

와 새파란 하늘을 보며 '아, 좋다' 감상하는 딱 그 정도의 의미인지라 별로 개의치 않았다고 한다.

그런데 어느 날부터 친구네 집에 고양이 흔적이 사라졌다. 처음엔 고양이가 서식지를 바꾼 줄 알았단다. 그런데 아니었다. 옆집에는 여전히 고양이 흔적이 쌓여갔으니까. 친구는 나중에야 그 이유를 알았다. 길고양이를 위해 사료와 물을 늘 놓아두었던 친구의 정원을 길고양이들은 밥자리로, 옆집 정원을 화장실로 인식한 것이다. 밥자리와 화장실을 분리하는 고양이 습성이 이런 결과를 만든 것 같다.

화를 내는 아저씨를 볼 때마다 친구는 고양이 흔적이 남은 자리에 사료를 놓으라고 말하고 싶었지만 괜히 화만 돋울 거 같아 참았단다.

함께 살아가는 법은 이렇게 의외로 단순하다.

너는 존재만으로도 아름다워

추구의 삶을 살았던 것 같다.

목표를 정해놓고 그걸 향해 달려가고 그걸 이루는 인생

그게 가치 있는 인생이고 승자의 인생이라 생각했다.

목표는 늘 높았다.

우습게도 나는 내가 잡아놓은 목표의 노예가 되어

많은 것을 희생하고 희생시키면서 달려갔다.

마치 추적당하는 도망자처럼.

하나의 목표를 이루면 그다음 목표를 향해,

그걸 이루면 또 그다음 목표. 또 그다음 목표.

나에게 목표라는 건 인생을 움직이는

엔진이었다.

끝없이 돌아가는, 정지 버튼이 없는 엔진.

열심히 노력하면 다 되는 줄 알았는데 아니었다.

성공하지 못했고 목표를 이루지 못했다.

한동안 몹시 우울했다.

빈 배 같았고 사투를 벌여 겨우 잡아놓은 청새치를

모두 도둑맞은 노인 같았다.

'정말 최선을 다했어? 솔직히 말해 봐.'

'처음부터 넌 재능이 없었어. 모든 건 잘못된 선택의 결과야.

어른이니까 남 탓하지 말고 오롯이 결과를 받아들여.

선택에 대한 책임을 져.'

안 그래도 아픈 가슴을

얼음송곳으로 마구 찔러대던 어느 날

예전에 봤던 예능프로의 한 장면이 불현듯 떠올랐다.

어떤 개그맨이 지나가는 어린아이에게

훌륭한 사람이 되라고 하자 같이 가던 여자 가수가

뭘 훌륭한 사람이 되냐며 그냥 하고 싶은 대로

아무나 되라고 했었다.

목표를 추구하는 인생만이 가치 있다고 여겼는데
아무나 되라니… 뒤통수를 한 대 맞은 기분이었다.
그 말이 바람 타고 홀씨처럼 날아와
내 마음에 뿌리를 내렸었나
방구석 먼지처럼 처박혀 있던 순간
불쑥 튀어나온 것을 보면.

내게도 간절히 원하던 목표를 이룬 적이 있었다.
몹시 힘든 시기에 탔던 과분할 정도의 큰 상이었다.
상패와 상장, 상금을 들고 나는 울었다.
좋아서가 아니라 너무 슬퍼서.
'이걸 타겠다고 그렇게 많은 걸 희생했어?'
'왜 그랬니? 왜! 다시 오지 못할 순간이었잖아.'
내가 희생한 것이 무엇이었는지
그때처럼 선명하게 보인 적이 없었다.

내 넋두리에 언니는 이렇게 말했다.

"목표를 이루지 못하면 뭐 어때.
좋아하는 것을 하면서 열심히 살았잖아. 그럼 된 거야.
그때 실패와 고통을 겪었기에 지금의 네가 있는 거야.
원하던 것을 이루었으면 행복했겠지.

자기가 잘난 줄 알고 살았겠지.

그 끝에 뭐가 기다리고 있을까?"

"안 가봐서 모르겠어. 언니."

과연 그 끝에 뭐가 있을까.

언니는 나에게 말했다.

"넌 끝이 안 보이는 터널 속을 걸었어. 뚜벅뚜벅.

걷고 또 걷고 또 걷고 또 걷고

실오라기 같은 빛을 나침반 삼아 걸었지.

그러다 빛이 꺼지면 넘어지고

넘어져 있는 것도 지쳐서 끝내 다시 일어나고,

살려고 빛을 상상했지.

상상의 빛을 나침반 삼아 또 걷고

실오라기 같은 빛에 태산 같은 힘을 얻으며

걷고 걸어 넘고 넘어 지금 여기 이렇게 서 있는 거야.

얼마나 훌륭해?

성공 못해도 괜찮고

오늘 하루 쉬어도 괜찮고

게을러도 괜찮고

오늘이나 어제나 같아도 괜찮고

바람을 느껴도 괜찮고
빗소리를 들으며 낮잠을 자도 괜찮아.
너는 존재하는 것만으로도 아름다워."

응. 응.
대답은 하지만 존재의 삶은 나에겐
다른 행성처럼 여전히 낯설기만 하다.

이런 천하의 빌어먹을 지조 없는 것들
확 뜯어버리자

"이런 지조 없는 것들 확 뜯어버릴까?"

퍼즐 맞추는 사람이 자주 쓰는 말 중에 '지조'가 있다.
퍼즐 조각 따위에 인간에게나 쓰는
'지조'를 운운하냐 의아하겠지만
알고 보면 쓰임새가 꽤 멋지다.

지조 없는 퍼즐 조각은 제자리가 아닌데도 막 들어간다.
조각이 제자리에 들어갈 때의 짜릿한 손맛은 없지만
이음새가 무난해 맞는 자리인 것 같아 넣으면
그때부터 줄줄이 문제가 생기기 시작한다.

제자리가 아닌 탓에 옆의 퍼즐도 잘못 들어가고
덩달아 그 옆의 퍼즐도 잘못 들어간다.
그야말로 연쇄추돌사고다.
결국 문제가 생긴 퍼즐을 찾아 빼내야만 끝이 난다.

이 퍼즐은 아름다운 지조를 가졌다. 제자리가 아닌 곳엔 절대로 들어가지 않는다.
게다가 조각 크기도 크고 결합력도 좋아서 유액을 바르지 않아도 떡처럼 위로 쑥
들 수 있다.

기념일 A Day Of Celebration | 칼 라르손 Carl Larsson | 300피스 | 파머그래닛

자기 자리가 아닌데도

막 들어가는 조각을 만나면 정말 고통스럽다.

아닌 것 같은데 들어가니 미치고 팔짝 뛸 노릇이다.

묵묵히 참으며 맞추는 인내심 좋은 사람도 많지만

엄마와 나는 아니다. 그냥 확 뜯어버린다.

그리고 다시는 돌아보지 않는다.

우리 모녀가 지조 없는 것들에게 필요 이상으로

화내는 데는 이유가 있다.

우리집에 지조 없는 인간이 하나 있었기 때문이다.

돈도 없는 집안에 지조까지 없으니 오죽했을까.

연쇄추돌사고는 엄마에서 언니를 거쳐 내게로 이어졌다.

다 지난 이야기다.

지조 없는 그 사람은 지금 이 세상에 없으니까.

엄마 마음에는 그 사람 때문에 빚어진

큰 구덩이가 아직도 있다. 그래서 가끔 외친다.

"이런 천하의 빌어먹을 지조 없는 것들 확 뜯어버리자!"

진짜로 확 뜯어버린다.

속 시원하다. 후련하다.

오늘도 이렇게 엄마의 큰 구덩이를 한 삽 메운다.

눈덩이 부수기

힘들고 짜증나는 일은 한꺼번에 손잡고 오는 것 같다.
얽히고설킨 문제들이 거대한 눈덩이처럼 밀어닥치면
흰 종이를 펼친다.

나를 힘들게 하는 일을 순서대로 적는다.
1. 제일 힘든 일
2. 두 번째로 힘든 일
3. 세 번째로 힘든 일

이제 문제 해결을 위해 내가 '당장' 할 수 있는 일을 쓴다.
1번에 대처하기 위해 할 수 있는 일은 _____이다.

2번에 대처하기 위해 할 수 있는 일은 _____이다.

3번에 대처하기 위해 할 수 있는 일은 _____이다.

지금 당장 할 수 있는 일이 없으면 '없음'이라고 쓴다.

나는 이 과정을 '눈덩이 부수기'라고 부른다.

눈덩이 부수기를 하다 보면 눈덩이 사이에

교묘하게 섞여 있는 이물질이 보인다.

이물질의 목적은 명확하다.

문제를 가능한 거대하게 부풀리고 위압적으로 보이게 만들어

나를 넘어뜨리는 것이다.

이물질을 분리하면 비로소 진짜 문제만 남는다.

다 쓴 종이를 벽에 붙여놓고 가만히 들여다보면

의외의 진실을 마주하게 된다.

'지금 내가 할 수 있는 일은 별로 없다.'

'나는 오로지 걱정만 하고 있다.'

그래서 진짜 문제와의 싸움에서 이겼느냐…

이긴 적도 있었고 진 적도 있었다.

지나고 보니 이겼냐 졌냐가 의미 없어졌다.

싸우고 버티며 여기 있다는 사실이 중요할 뿐.

꼬마 파운The Little Faun ┃ 찰스 심스Charles Sims ┃ 1000피스 ┃ 푸코

"언뜻 보면 몹시 평화로워 보이는 정원의 풍경이다. 옆엔 어머니로 보이는 여자가 있고 아이들은 의자에 앉아 있거나 식탁 위에 올라가 나무의 꽃을 따고 있다. 보이는 대로 정말 평화로울까? 하나씩 해체해보자. 식탁 위에 올라간 아이가 벌거벗고 있는데, 인간 아이가 아니라 파우누스이다. 파우누스는 고대 로마 신화의 목신牧神으로 염소 다리와 뿔을 가지고 있다. 숲속엔 파우누스 부부가 숨어 있다. 아마도 식탁 위의 어린 파우누스는 이들의 자식인 듯싶다. 이렇게 평범해 보이는 일상의 한가운데 이물질이 끼어 있다. 자세히 보면, 샅샅이 해체하면 보인다."

언젠가 돌아보면
참 행복했을 하루

아침부터 엄마가 화를 낸다. 쓰레기통 옆에 지저분하게 떨어
진 커피 찌꺼기 때문이다.

"누가 이래 지저분하게 치아 놨노?"
"내가 그랬다. 우리집에서 그렇게 할 사람은 나밖에 없다."

사실은 엄마가 그랬다. 내가 아침에 커피를 내리고 놔둔 드
리퍼를 엄마가 쓰레기통에 버리면서 찌꺼기를 흘렸다. 내가
똑똑히 봤다. 하지만 내가 그랬다고 해버린다. 엄마는 내가
그랬다는 말에 '그럼 그렇지'하는 표정으로 안심한다. 나이
가 들면서 좋은 점은 중요한 것과 중요하지 않은 것이 보이

기 시작한다는 것이다. 누가 잘못했는지 가리는 게 뭐가 중요할까.

중요한 건 엄마가 아직은 정신이 멀쩡하다는 것. 실수를 안했다는 사실 때문에 기분 좋다는 것. 언젠가 돌아보면 참 행복했을 하루를 지금 보내고 있다는 것이다.

안부 인사만이라도

"공부 열심히 해라. 대학은 꼭 가야 한다."

"대학 등록금 장난 아니라던데 얼른 졸업해서 취직해라."

"취직했다고? 빨리 결혼해야지. 나이 차면 상대도 없다."

"이제 결혼했으니까 빨리 애 가져야지. 늦으면 힘들다."

"혼자는 외롭다. 하나 더 낳아라."

"근데 요즘은 셋은 낳아야 정부 혜택이 많다더라."

"셋이나 낳았다고? 지 남편 허리 휘는 줄도 모르고 쯧쯧."

나는 결혼하라는 말을 아직도 듣고 있다. 늙으면 외롭다나 뭐
라나. 내가 늙어서 외로워도 일 년에 두 번 명절 때나 연락할
거면서 남의 외로움에 왜들 이리 관심이 많을까. 어른이라는

이유로 함부로 툭툭 선을 넘으니 나도 선 좀 넘어보겠다.

"근데 언니 아직 이혼 안 했네? 지난번 설에 이혼한다며? 그
래서 난 이혼한 줄 알았지. 언니가 옛날부터 참 잘 참았어.
인내심이 좋아."
"어머, 아직 살아 계시네요? 죽을 날 받아놨다고 하셔서 돌
아가신 줄 알았어요."
"여기저기 안 아픈 곳이 없으세요? 그럼 보험 확인하시고 간
병인, 요양병원 준비하세요. 돌아가실 때를 대비해서 상조도
들어놓으시고 장지도 정해놓으시고 영정사진은 한 살이라
도 젊을 때 찍어놓으세요."

상상이다 상상. 안다. 다 반갑다는 인사라는 걸. 담백하게 잘
지냈냐고 안부만 물으면 되는데 그게 안 되서 인사말에 상처
와 자격지심을 쓱쓱 비벼서 툭툭 던졌다는 걸.

젊으면 젊어서 상처받고 늙으면 늙어서 상처받는 법이다. 내
가 대거리하지 않는 것은 괜찮아서가 아니라 꾹꾹 참고 있는
것일 뿐이다. 나 또한 북적거리는 상처를 잘 갈무리하여 담
백한 인사를 건네는 사람이 되고 싶다.

작작 좀 찔러
아프잖아

나는 성공보다 실패를 더 많이 한 사람이다.
한 번 성공에 실패는 백 번쯤 했으려나.
재능이 없어서일 수도 있고 재수가 없어서일 수도 있고
원인은 잘 모르겠다.

예전엔 냉철한 심장으로 실패의 원인을 찾곤 했다.
그래서 원인을 찾았느냐. 아니다.
내향형 인간인 나는 나를 찌르기만 반복했다.

자꾸 실패하다 보니 어느 순간 깨달음이 왔다.
실패 원인은 못 찾는다는 것.

실패 원인을 찾느니 차라리 빨리 잊고
새롭게 도전하는 게 훨씬 즐겁고 행복하다는 것.

실패의 원인은 시간이 지난 후
실패의 기억조차 희미해졌을 때 우연히 깨닫곤 한다.
그리고 그건 정답일 때가 많다.

많이 실패하더라도 다시 도전하는 사람이
성공하는 사람이라고 나 자신에게 말해준다.
나를 찌르려는 나에게 큰 소리로 말한다.
"그리고 작작 좀 찔러! 아프잖아!"

꽃을 보러 갈 수 없다면

꽃 보러 가자 하니 안 가시겠단다. 코로나에 걸릴까 봐 겁이 난단다. 벚꽃은 흐드러지게 폈는데 창밖으로는 앞집 빌라와 뒷산 무덤밖에 안 보인다. '오늘은 무덤 앞에 꽃이 피었더라.' '오늘은 누가 무덤에 제사를 지내러 왔더라.' 아침에 일어나면 이런 말부터 하시니 딸은 참 속상하다. 무덤만 보다가 돌아가실까 봐 속상하다.

정원 있는 집에서 살고 싶다. 아침이면 엄마가 푸른 정원을 거닐면서 '야, 밤새 수국이 폈다.' '아이고야, 달맞이꽃 핀 거봐라.' '새순이 올라왔네. 저 쪼끄만 게 살겠다고 저래 올라온다. 참말로 장하다.' 이런 말만 하시면 좋겠다.

아르장뙈이유의 화가 정원 The Artist's Garden At Argenteuil
클로드 모네Claude Oscar Monet ∣ 500피스 ∣ 챔버아트

정원 있는 집을 떠올렸더니 돈, 청약, 분양, 임대, 아파트, 계약, 나이, 실력, 재능 한 묶음의 생각이 따라온다. '더 노력했어야지.' '더 바지런을 떨었어야지.' '네가 가난한 이유는 다 너의 게으름 때문이야.' 실타래처럼 얽히고설킨 생각 때문에 목구멍이 턱턱 막힌다.

친구와 동네 화원에 갔다가 꽃 화분을 들고 왔다. 동백과 향수선화, 라넌큘러스. 빨갛고 하얗고 노란 꽃을 넓은 화분에 옮겨 심은 후 창문틀에 올려놓았다. 바람이 살랑살랑 불자 코끝으로 수선화 향이 날아온다. 밤새 빨간 동백도 활짝 폈다. 이제 엄마가 무덤 대신 꽃을 본다. 아침마다 아직 피지 못한 동백 봉오리를 세고, 얼마나 폈는지 살펴본다.

꽃을 보러 갈 수 없다면 꽃을 집안으로 들이면 되는 것을. 이 간단한 진리를 이제야 깨우친다. 해답은 의외로 단순할 때가 많다.

근데 저녁에 뭐 먹을까

"나미꼬, 하라가 뽕뽕데쓰요."

엄마가 점심 식사 후 배를 두들기며 하는 말이다. '나미꼬'는
엄마의 일본식 이름이고, '하라'는 일본어로 '배'라는 뜻이다.
'뽕뽕'은 배가 빵빵해졌다는 어리광 어린 말이다. 이럴 때 엄
만 어린 시절로 돌아간 것 같다.

엄마는 일본 혼슈 중서부에 있는 후쿠이에서 태어났다. 주소
를 물으면 '후쿠이캥 요시다마치 이나다'라고 대답한다. 마
을엔 철도가 있었다고 한다. 철도 왼쪽엔 외할머니 외할아버
지가 사셨고, 오른쪽엔 엄마와 언니 오빠들이 살았단다. 마

당엔 닭이나 오리 같은 동물들을 길렀다. 겨울이면 눈이 얼마나 많이 오는지 집을 다 덮을 정도였단다. 폭설이 내리면 외할아버지와 오빠들은 굴을 파서 길을 내었다 한다.

전쟁이 끝나자 외할아버지는 가족을 이끌고 대한해협을 건너셨다. 바다 끝에 대마도가 나타나자 배에 있던 사람은 모두 만세를 불렀다고 한다. 그때까지만 해도 엄만 대마도를 조선 땅으로 알고 있었단다. 꿈에도 그리던 고국 땅을 밟은 외할아버지는 배 아래로 보따리를 내렸는데, 보따리 안에는 일본에서 모은 상당한 양의 재산이 있었다고 한다. 보따리는 배 아래 짐꾼들이 다 들고 도망쳤단다. 조국 땅에서 처음 만난 이가 도둑놈이었다니, 참으로 아이러니하다. 전 재산을 잃은 외할아버지는 대구 내당동까지 흘러 들어갔고 손수 흙집을 지으셨다.

소설《파친코》에나 나왔을 법한 그 시절 이야기를 엄마는 참으로 신나게 펼쳐놓는다. 엄마는 지금도 행여 뉴스나 드라마에서 총 소리, 포탄 소리라도 들리면 심장 벌렁거린다며 채널을 돌려버린다. 전쟁의 기억은 이렇듯 질기고 뿌리가 깊다. 최근 평범한 일본의 이 소도시가 <너의 췌장을 먹고 싶어>라는 달달한 청춘로맨스 애니메이션에 등장했다. 그러나 영상 속 도시는 엄마가 기억하는 후쿠이는 아니었다.

"나미꼬, 하라가 뽕뽕데쓰요."

"엄마, 그때 주소가 후쿠이캥 요시다마치 이나다… 맞아?"

"자세한 일본 주소는 언니하고 오빠가 안다. 근데 다 죽었다. 내가 젤 오래 살았다. 고마 가야 하는데…"

어르신의 말은 거꾸로 들어야 한다는 깨달음에 따라 '엄만 엄청 오래 살 거야'라고 대답한다.

"아이고마 징그럽다."

"뭐가 징그러? 나랑 지금처럼 재미나게 살면 되지 뭐. 근데 저녁에 뭐 해 먹을까?"

가지의 계절

가지의 계절이 있다.
꽃이 피고
열매가 열리고
열매가 떨어진 자리에 이파리만 남고
이파리마저 떨어져야 만날 수 있는 계절
가지의 계절.

꽃이 필 땐 세상이 너무 찬란해 인생의 주인이 된 것 같고
열매가 열릴 땐 베어 문 단물을 찐득하니 탐하다
한잠 늘어지게 잤더니 거짓말처럼 세상이 변해
열매가 시체처럼 흐르니 덧없는 인생에 그저 통곡한다.

꽃이 지고 열매가 떨어진 그 자리에서
그래도 살아보겠다고 바득바득 물을 길어 올리고
양분을 빨아 당기고 하늘의 빛을 갈구하다 깨닫는다.
인생의 주인이 내가 아니구나. 나는 아무것도 아니구나.
나를 부인하고
내 색을 포기하며
아프게 아프게 이파리가 핀다.
단풍이다.

아프게 아프게 폈던 단풍도 끝내 뚝뚝 떨어진다.
낙엽이다.
낙엽이 진 후에야 비로소 만날 수 있는 계절
가지의 계절.

꽃이 피고 열매가 열릴 땐 안 보인다.
아름다움과 풍성함에 정신이 팔려 있으니까.
가지의 계절이 되어야 보인다.
가지의 선이. 그 곱고 여린 선이.
바람이라도 불라치면 얼마나 단아하게 몸을 흔드는지
탄성이 절로 나온다.
가지 위에 눈이라도 내리면
그것은 거룩, 거룩, 거룩.

늙는다는 건 엄마가 딸이 되고
딸이 엄마가 되는 일

"엄마, 밥할 줄 몰라?"

"몰라."

"이제까지 엄마가 밥했잖아. 근데 기억 안 나?"

"안 나. 나는 밥할 줄 모른다."

평생 밥을 해왔는데 밥할 줄 모른다는 말에 내 속이 뒤집힌
다. 코로나 때 아픈 엄마를 대신해 2주 동안 밥을 했다. 겨우
2주였는데 그 사이 엄마는 밥짓는 법을 잊었다. 쌀을 몇 컵
했는지 기억이 안 난다면서 나에게 묻는다. 세탁기 전원을
켜지도 않고 고장났다고 한다. 너무 화가 나 치매 진단 센터
에 가서 검사 받자고 했는데 그게 또 화근이었다. 사람 병신

취급한다며 엄마가 머리를 싸매고 누워버렸으니.

밥하기 싫어서 엄마에게 맡긴 게 아니다. 밥하는 게 뭐 어렵다고. 쌀 씻어 밥솥에 넣고 취사 버튼만 누르면 되는데. 집에서 엄마의 역할이 있었으면 했다. 엄마가 밥 안 해주면 나는 굶는다고 옆에서 어리광을 부리고 싶었다. 엄마가 밥하는 일로 큰소리쳤으면 했다. 나를 혼냈으면 좋겠다고 생각했다. 그래서였다.

노트북으로 치매 전조 증상을 검색한다. 오래 주무시고, 급격하게 살이 빠지고, 자꾸 잊어버리고, 성격이 변하고 또⋯ 더럭 겁이 난다. 작년에 뇌 CT를 찍었을 때만 해도 정상으로 나왔는데 그사이 안 좋아진 걸까? 복잡한 마음으로 내일 아침에 먹을 국을 끓이는데 자꾸 눈물이 난다. 이럴 때는 가족이 많았으면 좋겠다. 의논이라도 할 수 있으니까. 나에게 가족이라고는 미국에 있는 언니뿐이라 엄마에게 무슨 일이 생기면 오롯이 혼자 감당해야 한다.

깊은 한숨을 쉬는 딸 곁으로 젊은 날의 엄마가 다가온다. 딸이 마음껏 투정 부리고 어리광 부리고 뭐 해달라고 조를 수 있던 그 시절의 엄마가 다가와 내 눈물을 닦아준다.

늙는다는 것은 엄마가 딸이 되고, 딸이 엄마가
되는 일이다. 딸은 여전히 딸이고 싶은데, 엄마
는 기다려주지를 않는다.

(다행히 엄마의 증상은 치매가 아니라 코로나 후유증으로
밝혀졌다. 엄마는 예전처럼 밥도 빨래도 잘한다.)

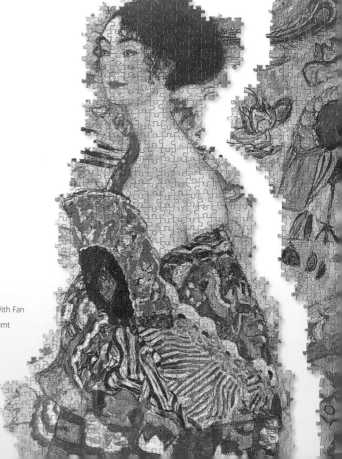

부채를 든 여인 Lady With Fan
구스타브 클림트Gustav Klimt
1000피스 | 비엔비

보청기 OFF

"엄마는 좋겠다. 듣기 싫은 말은 안 들어도 되니까."
내가 이렇게 말하면 엄마는 귀를 톡톡 건드리며
안 들린다는 신호를 보낸다.
"보청기를 꺼!" 외쳐도 소용없다.

엄마는 세상 볼륨을 낮추고
잠잠히 퍼즐 속으로 들어가셨다.
한 조각 또 한 조각
그렇게 백 조각을 맞추고 천 조각을 맞추고.
안 들리면 불편하지 않느냐 물어보면
편안하단다. 세상 볼륨을 낮춰도 되는 나이라 한다.

엄마에게도 세상의 소음이 거슬리지 않은 시절이 있었다. 사진 속 엄마도
그때는 나처럼 세상을 향해 귀를 크게 열어놓고 있지 않았을까.

퍼즐을 맞추다 지치면 그제야 보청기 끼고 텔레비전을 켠다.

나 혼자만 세상 소리 듣는 게 싫어서
같이 떠들고 싶어서 엄마와 함께 보청기를 맞추러 갔다.
엄마 보청기는 오른쪽밖에 없다. 보청기를 맞출 당시
돈이 없어서 한 쪽밖에 못해드렸기 때문이다.
십 년이 흐르는 동안 엄마는 불평 한 마디 없이
오른쪽 귀로만 소리를 들으셨다.
뒤늦게 왼쪽 보청기를 맞춰드렸다.
엄마가 양쪽 귀에 보청기를 다 끼는 순간 신세계가 열렸다.

"우와, 이렇게 잘 들리네. 잘 들리니까 너무 신난다."

이렇게 좋아하는 걸. 진즉에 보청기를 양쪽 다 해드릴 걸.
죄송하고 고맙고 또 후회됐다.

하루가 지났을까.
엄마는 다시 보청기를 안 끼기 시작하셨다.
안 끼면 귀가 안 좋아진다고 엄포를 놓아도 소용없었다.
'약이 닳는 게 아깝다'라고 하지만 그건 핑계이고
세상 소리를 듣고 싶지 않으신 게다.

텔레비전과 유튜브를 체할 정도로 보고 듣고
온종일 음악에, 친구의 얘기까지 묵묵히 잘 들어주는
엄청나게 큰 귀를 가진 나는 가끔 엄마가 부럽다.
나도 세상의 소리에 귀를 닫고 싶다.
퍼즐을 통해 내 안으로 들어가고 싶다.
나는 지금 어디 있고,
무엇을 향해 가고 있는지 점검하고 싶다.

세상의 소리가 닫혀야 온전히
내 안으로 들어갈 수 있을 것 같다.

통조림 진열대 앞에서

하늘에 구멍이라도 뚫린 걸까.

며칠 동안 어마어마한 양의 비가 쏟아졌다.

동네 이곳저곳이 잠겼고 엄마와 나도 고립되고 말았다.

냉장고 음식을 다 먹고 라면으로 연명할 무렵

기적처럼 아주 잠깐 비가 그쳤다.

나는 마트로 전력 질주했다. 살기 위해.

두부와 돼지고기, 두반장을 사서 마파두부를 할까.

엄마의 기력 보충을 위해 삼계탕을 할까.

홍합이 물이 좋네, 홍합미역국은 어떨까.

반건조 조기가 맛나 보이는데 이걸 구울까.

여러 요리를 떠올리며 수산물 코너를 뒤적일 때였다.

조기 비린내 위로 여자 가수의 노래가 흘렀다.
마트에서 틀어 놓은 노래였다.

사랑 같은 건 버렸다는 내용의, 가수도 제목도
기억나지 않는 노래가 내 마음을 파고들었다.
마트를 둘러보니 통조림 진열대 쪽에 사람이 없었다.
얌전히 통조림을 사는 척하며 노래를 들었다.
사랑한 사실조차 희미해져간다는
마지막 음율까지.

일상의 정글에서 허우적거리느라 잊고 있었다.
내게도 사랑이 있었다는 것을
열병 같은 사랑이 있었다는 것을.

낯설었다.
마치 전생에 있었던 일 같기도 하고
마치 어느 드라마에서 본 장면 같기도 하고.
분명 나에게 있었던 사랑인데.
그 사람 이름도, 사랑했던 감정도 잊어버린
돌처럼 단단히 굳어버린 내 마음이 보였다.

어느 순간부터 사랑 이야기가 싫고 지루했다.

염소를 데리고 가는 처녀 Girl With Goat
카를 슈피츠베그Carl Spitzweg | 1000피스 | Lais Puzzle

우울했고 눈물도 말라버렸다.

감정 없는 일중독 로봇처럼 하루하루 주어진 일을

척척 해내는 나 자신이 또렷이 보였다.

친구와 떠들다 사랑 얘기라도 나오면 인상을 쓰면서

'아휴, 됐어. 지금도 엄청 피곤해'라고 말하는 내가 보였다.

장바구니 속 조기는 비린내를 풍기며

집으로 가라고 나를 재촉했다.

누군가 통조림 진열대로 오더니 이것저것 고른다.

빨리 뭐라도 사야 할 거 같아 집어든 것이 번데기 통조림.

밤에 가끔 안주 삼아 먹던 번데기 통조림.

명주실을 다 뽑아내고 남은 빈 껍데기를 졸여낸

통조림을 보다가 나는 끝내 주저앉고 말았다.

눈물이 난다.

사람들이 다가오는데 멈춰야 하는데 멈춰지지 않는다.

눈물이, 온몸 구석구석에 꼭꼭 가둬두었던 눈물이

끝내 터지고 말았다. 홍수가 났다.

택배 상하차

누군가 말했다.

우울하면 택배 상하차를 하라고.

끊어질 듯이 아픈 허리와 팔다리로 짐을 옮기다 보면

우울이고 나발이고 다 잊어버리게 된다고.

친한 동생이 있다.

영화 조연출인데, 북경에서 영화로 석사까지 딴 인재다.

외모도 뛰어난 그녀는 굵직한 몇몇 작품에 이름을 올렸다.

남자들의 거친 세계에서 그녀는 꽤 잘 버텼고

드디어 신인 감독 데뷔를 앞두고 있었다.

하지만 신인 감독은 자기 시나리오가 있어야 한다는

이해할 수 없는 전통이 발목을 잡고 말았다.
시나리오를 쓰고 또 쓰다 지쳐버린 그녀는
어느 날부터 요가에 빠져들었다.

"요가가 왜 좋아?"
"눈에 보여서. 내가 노력하면 노력한 만큼의 결과가
딱 나타나. 그게 좋아 언니."

그녀의 말이 너무 이해가 됐다.
열심히 노력해도 결과가 눈에 안 보이면 정말 고통스럽다.
매일 헛수고하는 것 같고
뜬구름 잡는 것 같고
공중정원 짓는 것 같고.

실력이란 계단 같다고 한다.
눈에 안 보이지만 계속하면 어느 순간 쑥 크는 거라고.
그런데 내 실력은 경사조차 느껴지지 않는
완만한 계단인 것 같다.
아니 아예 내리막길인 걸까.
노력하면 할수록 점점 퇴보하는 것 같으니 말이다.

너무 우울해서 견딜 수 없는 날엔 몸을 움직인다.

택배 상하차는 못 하지만
집안을 돌아다니며 일거리를 찾는다.
방충망을 청소하고, 창틀도 닦고,
샤워기 꼭지를 소독하고, 창고를 정리하고,
퍼즐 조각을 크기별로 분리하고.
그러다 보면 지치고
지치면 밥을 먹고
밥을 먹으면 쿨쿨 잔다.

육체 노동의 단순함이 주는 희열이
오늘의 나를 살린다.

엄마가 엄마의 자리에서 내려올 때

엄마가 엄마의 자리에서 내려올 때
울지 말자.
화내지 말자.
소리 지르지 말자.

봄 여름 가을 겨울
계절이 흐르는 것을 어찌 막겠으며
해변을 걷는 엄마의 얼굴 위로 노을이 지는 것을
또 어찌 막을 수 있을까.

엄마의 굽은 등이
메마른 다리가
기어이 눈물을 만들어내거든

화내지 말고
소리 지르지 말고
해변에 나가 꽃을 놓자.
꽃에 눈물을 실어 멀리 띄워 보내자.

언젠가 빈 해변에 서는 날 그날 울자.
나를 위해 꽃을 놓아줄 이 없는 그날 목 놓아 울자.

엄마가 엄마의 자리에서 내려올 때
울지 말고
말없이 엄마의 손을 잡고
같이 걸어가주자.

인생은 사기다

작년 다이어리를 들춰보다가 깜짝 놀랐다.
국수 가락처럼 후루룩 넘긴 해인 줄 알았는데
콧잔등에 고인 땀처럼 소소한 일이 참 많았더랬다.
혼자 총총거리며 그 많은 일을 해낸 내가
대견하기도 하고 안쓰럽기도 했다.

새해가 밝자마자 뜻밖의 손님이 방문했다.
우울.

나는 왜 살까. 나는 잉여인간일까.
이런 생각과 함께 아침을 맞이했다.

열심히 살았다 생각했는데 이뤄놓은 게 하나도 없었다.
돈도 제대로 못 벌었고 인생의 훈장 같은 명예도 없고
그렇다고 가정을 이루지도 아이를 낳지도 못했다.
세상에 나와 기껏 한 것이라곤
먹고살기 위해 아득바득 살아낸 것밖에 없었다.

가장 슬픈 건
청춘을 바쳐 열심히 했던 일이
더는 하기가 싫어졌다는 것이다.
엔진이 멈춘 배처럼 나는
드넓은 바다 위에 둥둥 떠 있었다.
그때 언니가 시를 보내왔다.

'인생은 사기다.'

언니의 시처럼 내 인생도 통째로 사기당한 것 같았다.
뼈만 남은 녹새치를 발견한 노인의 심정이 이랬을까.

우울은 언덕 위에서 굴리는 눈덩이와 같다.
처음엔 작지만 아래로 굴리면 굴릴수록 점점 부피가 커져
결국엔 감당할 수 없는 지경에 이르고 만다.
나는 우울의 경험치가 좀 높다.

사계절 The Seasons- Summer, Spring, Autumn, Winter
알폰스 무하 Alphonse Marie Mucha | 1000피스 | 클레멘토니

가끔 우울의 눈덩이에 손을 깊숙이 찔러 넣고 안을 헤집는다.

조막만한 돌멩이가 만져진다.

요 조막만한 돌멩이가 언덕에서 굴러

눈덩이처럼 커진 것이다.

돌멩이의 정체는 돈과 명예.

남들 앞에서 으스대는 성격도 아니고

가난하지만, 가난을 고통스럽게 생각하지 않는 내가

왜 이렇게 돈과 명예에 집착했을까.

아마도 보여주고 싶었던 게 아닐까.

나를 무시하고 깔아뭉갰던 이들에게.
'나 이만큼 성공했어. 그러니까…'
'그러니까… 나 무시하지 마.'

이제와 이게 다 무슨 소용 있나.
그들의 이름도 가물가물한데.
그들은 생각만큼 나에게 관심 없고
어쩌면 내 이름조차 잊었을 것이다.
기억한다 해도 많아야 일 년에 한두 번 정도 될까.

언니의 시는 이렇게 끝난다.
'인생은 사기다. 그런데 내가 더 사기다.'

돌이켜보니
내가 잘못했던 일이
가을 바람에 낙엽처럼 우수수 떨어진다.
내가 더 잘난 척했고 내가 더 남을 깔아뭉겠다.
인생이 사기라고?
내가 더 사기다.

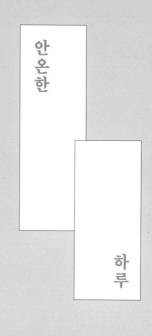

안온한

하루

언젠가
눈물나게
그리워할
하루

머리 두 개가 서로서로 기대어

온종일 너무 피곤했다.

운전을 너무 오래 했고

허리와 무릎이 아팠고

친구 얘기에 마음 쓰였고

결국은 혼자인가 싶고.

몸과 마음 모두 지쳐 있었다.

파김치가 되어 저녁을 차렸지만 입이 깔깔했다.

대충 먹고 씻고 침대에 누우려는데

엄마가 퍼즐 판 앞에 앉아 한숨을 푹 쉬며

온종일 맞춘 조각이 몇 개 없다며 못 하겠다고 하신다.

갑자기 짜증이 확 밀려왔다.

쉬고 싶은데 퍼즐을 맞추라고?

생제르맹 별장의 안마당 Innenhof Des Landhauses
아우구스트 마케August Macke ｜ 1000피스 ｜ 임프로디지오니

못 들은 척 딴청을 피우는데
엄마가 퍼즐 앞에서 떠나지 않는다.
안 거들면 조각을 던지며 다시는 안 한다고 할 것 같다.

그래. 어려운 퍼즐을 산 내 잘못이지.
할 수 없이 옆에 앉아 반쯤 감기는 눈으로 퍼즐을 맞춘다.

한 조각 또 한 조각 퍼즐을 맞추며
낮에 친구가 했던 말을 곰곰이 되짚는다.
아, 그랬었구나. 나름 힘들었겠구나.
나를 생각해서 말하지 않았었구나.
나라면 진즉에 힘들다고 자리를 털고 나왔을지도 모르는데.
나는 몸이 아니라 마음이 힘들었던 거구나.
긴 그림자처럼 질기게 따라붙었던
불편한 마음을 겨우 갈무리한다.

어려운 부분을 맞춘 뒤
엄마의 머리에 내 머리를 기댄다.
그러자 엄마가 머리를 조금 더 기댄다.
머리 두 개가 서로서로 기댄다.
엄마와 나는 사람 인ㅅ이 된다.

눈을 감고 물어야 하는 질문

웃기는 말을 들었는데

남들은 다 웃는데

나도 웃는데

하하 호호 웃으면서 눈물을 흘릴 때가 있다.

분명 입은 웃는데 눈은 울고 있을 때가 있다.

당황해서 손으로 눈물을 닦고

성급한 변명을 늘어놓아야 할 때가 있다.

뭔데?

털어놔 봐.

가벼워지고 싶어 친구에게 훌훌 털어놓지만
그 어떤 위로도 해줄 수 없는
그냥 견디는 것 외에는 방법이 없는
살다 보면 그런 때가 있다.

인생의 구덩이에 빠진 것 같을 때
눈을 감자.

오른쪽으로 몸을 돌린
양산을 쓴 여인
Woman With A Parasol Facing Rig
클로드 모네|Claude Monet | 500
퍼즐라이프

눈을 감아야만 보이는 세상에 물어보자.

꼭꼭 처박아두었던 질문을 던져보자.

왜 태어났을까.

이 삶을 사는 이유는 뭘까.

단순히 돈을 많이 벌고 부자가 되고 명예를 얻는 것일까.

이렇게 하루하루 견디고 버티는 것일까.

그게 다라면

정말 그게 다라면

내 가슴엔 칼이 돋을 것이며

그 칼이 기어이 인생을 두 동강 내버릴지도 모른다.

눈을 감고 물어보자.

어쩌면 뜻하지 않은 시간에

가장 적절한 시간에 도둑처럼 불쑥 보일지 모른다.

팍팍한 현실 뒤에 숨어 있는 실체가.

그토록 찾아 헤매었던 진짜 목표가.

그 사랑 다 받아 처먹어 놓고

"아침에도 빈대떡 먹었다."

점심에 녹두 빈대떡을 내었더니 엄마가 아침에도 먹었다고
한다. 아침으로 분명 떡국을 먹었는데 왜 또 정신없는 소리
를 할까. 엄마가 이럴 때면 나는 주체하지 못할 만큼 화가 난
다. 결국 윽박지르고 말았다.

"아침에 떡국 먹었잖아. 아침 먹고 나서 내가 빈대떡 부쳤거
든. 엄마가 고사리랑 숙주 다졌고. 그것도 기억 못 하면 어떻
게 해!"

내가 또 바보 같은 말을 했구나. 엄마는 자책하는 표정을 지으며 고개를 푹 숙인다. 아, 이게 아닌데. 윽박지르려던 게 아닌데. 왜 이럴까.

"니도 어렸을 때 말도 안 되는 거 많이 물었다. 똑같은 거 묻고 또 묻고 그랬다. 그래도 내는 짜증 안 냈다. 근데 니는 와 짜증 내노. 잊어버릴 수도 있지. 엄마가 나이가 몇이고. 정신 오락가락하고도 남는 나이다. 그냥 먹었다고 말하면 되지, 와 윽박 지르노. 사람 비참하게."

엄마의 물기 가득한 경상도 사투리가 나를 적신다. 생각해보니 나는 정말 많이 물어봤던 것 같다. 궁금해서도 물어보고, 엄마가 대답해주는 게 좋아서도 물어보고, 엄마가 곁에 있는 걸 확인하려고도 물어보고, 어리광 부리려고도 물어보고. 내가 아무리 묻고 또 물어도 엄마는 짜증 안 냈는데. 투박한 경상도 사투리로 다 대답해줬는데. 그 사랑 다 받아 처먹어 놓고 뱉어내는 건 왜 이 모양일까.

"미안."
바로 사과를 한다.

"나이 들면 깜빡깜빡한다. 돌아서면 잊자 뿌린다. 내가 뭐 할라 캤더라 그란다. 근데 내가 니한테 묻지 누구한테 묻겠노. 내가 물어볼 때마다 윽박지르면 우째 묻겠노. 내는 고마 죽을 때까지 입 닫고 살아야 한다. 안 그렇나?"

엄마 목소리는 겨울 바람 앞 문풍지처럼 떨고 있었다. 이렇게 정신없는 소리 하는 것도 늙음의 한 과정인 것을. 나는 결심했다. 짜증이 확확 치밀어 오를 때마다 나에게 이렇게 말해주기로.

나는 더 했다. 나는 더 많이 물었다. 말도 안 되는 것을 묻고 또 묻고 했다. 그래도 엄마는 화 안 냈다. 그러니까 화내지 말자. 윽박지르지 말자. 그냥 담담하게 말해주고 또 말해주자. 얼마 남지 않은 시간, 나중에 후회하지 말고 다 말해주자. 그게 뭐라고. 뭐 어려운 일이라고.

그냥 좀 들어주면 안 돼?

"꽃이 피면 뭐 해? 같이 보러 갈 사람이 없는데. 싫어. 꽃 피
는 봄이 싫어."

늘 이렇게 시작한다. 타지에서, 그것도 가족 중심의 공동체
속에서 혼자 사는, 만만치 않은 일을 해내고 있는 나의 언니
얘기다. 언니는 가끔 외로움에 지치면 친구에게 넋두리한다.
한두 번은 친구도 진지하게 들어주지만 계속되면 '또 그 얘
기야? 지난번에도 얘기했잖아'라고 짜증을 낸다. 아니, 한두
번이라도 귀 기울여 듣는다면 다행이다. 이야기가 조금만 길
어질라치면 '사는 게 다 외로운 거야'라며 화제를 돌리거나,
'그렇게 외로우면 지금이라도 빨리 결혼해'라며 짜증을 낸

다. 듣기 싫다는 거다. 결국 언니는 나를 찾는다.

도돌이표 같은 얘기를 듣고 또 듣던 나는 뭔가 해결책을 찾으려 애를 쓴다. 나의 아낌없는 조언을 듣던 언니는 그만 버럭 화를 내고 만다.

"그냥 좀 들어주면 안 돼? 들어달라고 그냥! 다 알아. 해결책이 없다는 것도 다 안다고. 그러니까 그냥 들어만 줘!"

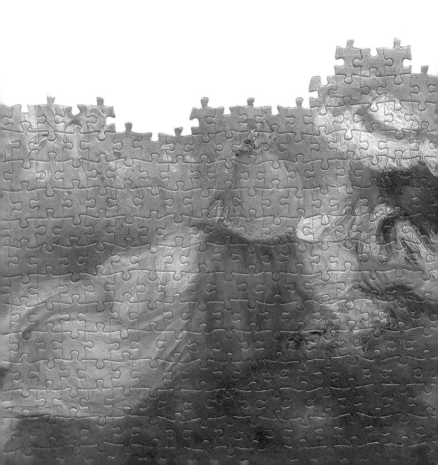

그러니까 말이다. 그냥 들어만 주는 게 왜 이렇게 힘들까. 그날 이후 나는 입 닫고 그냥 듣기만 한다. 조언? 필요 없다. 언니도 답을 안다. 아는데 실천하기가 힘들 뿐이다. 가끔 답을 모르는 경우도 있지만 묵묵히 들어주면 스스로 답을 찾아간다. 생각해보면 나 역시 누군가에게 속을 털어놓다가 답을 찾은 적이 많았다.

그런데 입 닫고 그냥 들어만 주는 게 정말 힘들다. 일단 입을 닫는 게 너무 힘들다. 튀어나오려고 발버둥을 치는 조언을 가두는 게 보통 일이 아니다. 그때마다 나는 속으로 외친다. '조언 필요 없다.' '다 안다.' '하지 마라. 하지 마라. 하지 마라.'

이야기를 다 듣고 나면 몸살이 난 것처럼 몹시 피곤하다. 그래도 계속 들어주기로 한다. 가족이 아니면 누가 계속 할까? 이 힘들고 고단한 일을.

해변가의 소녀들Young Girls By The Sea
오귀스트 르누아르Pierre-Auguste Renoir | 500피스 | 챔버아트

손맛

손맛.

제자리에 쏙 넣을 때의 그 짜릿한 맛.

엄마가 퍼즐을 사랑하는 이유 중 하나다.

간혹 손맛이 개운치 않을 때가 있다.

몇 조각 안 남았는데, 분명 제자리에 넣은 것 같은데

손이 말한다. 뭔가 이상해.

자정이 넘었는데도 엄마가 계속 퍼즐 앞에 앉아 있다.

표정이 어두운 것을 보니 뭔가 잘못됐나 보다.

"퍼즐이 잘못 나왔다. 재수 없게 불량 퍼즐이 걸렸다.

무식한 게 무슨 퍼즐을 하겠다고 이러는지 모르겠다.”

보다못해 한마디 던진다.
“엄마, 안 맞는 건 그 자리가 아니라는 거야.”
“여기 맞다. 그런데 안 들어간다.”
“그럼 옆의 조각이 잘못 들어갔겠지.
잘못 들어간 조각을 빼. 그래야 빈자리가 생기고,
그래야 뭘 넣어야 하는지 보여. 그리고 퍼즐 맞추는데
무식은 왜 나와? 석사 박사만 퍼즐할 수 있대?”
“잘못 들어간 게 안 보이니까 그러지.”
“그렇게 가까이 들여다보니까 안 보이지.
멀리 떨어져봐 봐. 그럼 보여.”

아침에 일어나니
엄마가 배를 쏙 내밀고 의기양양한 표정으로
퍼즐 옆에 서 있다. 손가락으로 탁자를 쏙 가리킨다.
탁자 위에는 완성된 퍼즐이 놓여 있었다.

아침에 일어난 엄마는
탁자 앞으로 갔다가 슬쩍 뒤로 물러나 퍼즐을 보았다.
비행기와 보라색과 붉은색이 어우러진
하늘은 푸르고 땅에 꽃은 지천인데

왜 꽃에 구름이 달려 있지?
잘못 들어간 조각 하나를 쏙 빼니
그 옆의 조각도 잘못 들어가 있었고
그 옆의 옆 조각도 잘못 들어가 있었다.
여러 줄의 잘못 들어간 조각을 다 걷어내고
그 빈자리에 맞는 조각을 넣었다.

쏙
짜릿한 손맛!

엄마가 완성된 퍼즐 중에서 한 조각을 가리킨다.
개운치 않은 손맛을 주었던 조각이다.
엄마가 손을 떼자마자
가리킨 조각이 어떤 것이었는지 잊어버리고 말았다.
저 많은 조각 중의 하나겠지.

내가 꽃이다 생각하고 살아

파란 나무 의자에 아르헨티나 할머니가 앉아
낡은 고쟁이에 긴 담배를 피우며
세상을 건너온 눈빛으로 말한다.

사는 게 뭐 별거 있나.
대출금 갚느라 꽃 같은 청춘 다 보내고
좀 살 만하면 남편이 바람을 피워
아니면 애가 말썽이야.
그도 아니면 가족 중에 누가 아파
아니면 내가 아파.
혼자 살면 편할 거 같지?

꽃이 있는 정원Farm Garden With Sunflowers
구스타프 클림트Gustav Klimt ｜ 1000피스 ｜ 학산문화사

뼈가 시리다 너.
그니까 그냥 살아.

꽃 예쁘지?
내가 꽃이다 생각하고 살아.

설거지 구역의 왕

아파트 길냥이에게는 각자 영역이 있다. 치즈 냥이는 1동, 고등어는 2동, 턱시도 가족은 3동. 가끔 다른 단지의 냥이가 넘어오면 치열한 영역 다툼이 벌어진다.

엄마가 빨래를 널다가 잔소리를 한다. '와 만날 옷을 벗으면 뒤집어놓나.' '와 만날 밥을 먹으면 밥그릇에 물을 안 부어놓나.' 내 대답은 간단하다. '엄마는 꼼순인데 딸은 허벌이라서 그래. 그러니까 엄마가 오래 살아서 날 보살펴줘야 해. 알겠지?' 다음 날 나는 또 옷을 뒤집어 벗어놓고, 밥그릇에 물을 안 부어놓는다. 그럼 엄마는 또 잔소리를 한다.

우리집에도 영역이 있다. 청소와 요리, 장보기는 내 영역. 밥하기, 설거지와 빨래는 엄마 영역. 엄마는 밥하기, 설거지와 빨래 구역의 왕이다. 왕답게 큰소리 빵빵 친다.

엄마는 알고 있다. 아무리 큰소리 빵빵 쳐도 아무리 잔소리를 해도 딸이 화내지 않는다는 것을. 나는 큰소리 빵빵 치고 잔소리하는 엄마가 좋다. 우울증에 걸려서 혹은 너무 아파서 모기만 한 소리로 이제 죽을 때가 다 되었다고 말하는 것보다 백배 낫다. 앞으로도 계속 밥하기, 설거지와 빨래 구역의 왕으로 호령하며 군림했으면 좋겠다.

얼마 전 친척 언니가 지방에서 올라와 함께 저녁을 먹었다. 식사를 한 후 엄마가 설거지를 시작하자 친척 언니는 화들짝 놀라며 내 등짝을 내리쳤다. 나이 든 엄마를 부려먹는다며 결혼을 안 해서 아직 철이 없다 타박을 놓았다. 그게 아니라고 설명을 했더니 엄마를 부려먹으면서 변명까지 한다고 꾸짖었다.

언니에게 혼나는 게 싫어 팔을 걷어붙이고 설거지에 나섰다. 졸지에 설거지를 빼앗긴 엄마는 내 옆에 딱 붙어 서서 하나부터 열까지 참견을 하기 시작했다. 인내심이 한계에 달한 엄마는 결국 '비켜봐라!' 소리를 지르며 나를 밀쳤다. 그리고는 자신이 얼마나 설거지를 잘하는지 보여주려는 듯 힘차게 물을 틀었다. 엄마는 '우리집은 우리집만의 규칙이 있고 설거지는 내 일이라며 간섭하지 말라'고 했다. 엄마는 우리집 설거지 구역의 도도한 왕이다.

나는 아직도 내가 잘하고 있는 짓인지 모르겠다. 어쩌면 친척 언니의 말이 맞을지도 모른다. 하지만 내게 가장 중요한 건 친척 언니의 생각이 아니라 엄마와 나의 행복이다. 엄마와 내가 행복하다면 욕을 먹어도 상관없다. 욕을 해도 내 귀에 안 들어오면 그만이고, 내 귀에 들어와도 내가 신경 안 쓰면 그만이다. 어차피 그들은 욕하고 돌아서면 바로 잊을 테니까.

신호등

"난 세상에 아무 도움도 안 되는
가치 없는 사람인 것 같아."

"아냐, 세상에 가치 없는 사람은 없어.
신호등을 봐. 별거 아닌 거 같지만
이 많은 차가 신호등 하나 때문에 일제히 멈추잖아.
저 신호등 때문에 사람들은 안전하게 지날 수 있어.
얼마나 기적 같은 일이야? 이 큰 도로에서 차들을
멈춰 세울 수 있는 건 저 작은 신호등뿐이야."

얼마 전 도로 위에서 나눈 대화다.

자신이 왜 살아야 하는지 모른다 하여
가치 없는 사람인 것은 아니다.
모든 사람은 존재의 이유가 있다.
단지 아직 깨닫지 못했을 뿐이다.

함부로 불쌍해하지 마

왜 함부로 불쌍하다 생각할까?

나름 꿈꿔왔던 삶인데.

평화 그걸 원했다.

엄마는 라디오 들으며 퍼즐을 맞추고

나는 내가 좋아하는 일을 한다.

때가 되면 굴뚝에 연기 피워 소박한 요리를 해 먹는다.

반찬은 두서너 가지면 충분하다.

작은 우물에서 물도 길어 먹는다.

창밖의 꽃을 보며 즐거워하고

하루하루 변해가는 숲을 보며 놀라워한다.

외출Going To Market

페데르 모크 몬스테드Peder Mørk Mønsted | 500피스 | 챔버아트

어제는 까치가 두 마리 찾아왔고
오늘은 참새가 여섯 마리 찾아왔다.
까치가 너무 크다고 놀라워하는
아이 같은 엄마를 보다가
그만 아이가 되어버렸다.

가끔 작은 배를 타고 세상으로 나가
적은 먹거리와 한 움큼의 근심을 사오지만 괜찮다.
근심이 차올라 토할 것 같으면 엄마를 안으면 된다.

빈 둥지 같았던 두 가슴이 서로의 온기를 나누면
근심은 금새 사라져버린다.

겪지 않아도 될 일을 겪은 아이는
똑같은 일을 겪지 않으려고 부단히도 애를 썼다.
남보다 덜 자며 쫓기듯 살아냈지만
아이에게 남은 건 아무것도 없었다.

평화는 버림과 감사함에서 온다는 것을
아이는 많은 세파를 겪은 후 깨달았다.
그리고 어른이 되었다.

남들 다 가진 것이 없다고 불쌍한 사람이 아니다.
진짜 불쌍한 사람은
많은 것을 가지고도 허기져
다른 사람의 것을 빼앗는 사람이다.

아름다운 시절

작년 가을 엄마와 대구에 내려간 적이 있다. 요양병원에 계신 이모를 뵙기 위해서였다. 몹시 쇠약해진 이모는 엄마를 보자마자 눈물을 흘렸다. "내가 살아 너를 다시 볼 수 있을 줄 몰랐다." 이모의 마른 얼굴과 떠는 손을 보며 좀 더 빨리 엄마를 모시고 오지 못한 것을 후회했다.

그날 밤 텅 빈 이모 집에서 잠을 잤다. 잠자리가 바뀌어서인지 계속 뒤척이다 결국 포기하고 일어났다. 집을 둘러보다가 낡은 책장에서 옛날 앨범을 발견했다. 까마득한 외할아버지 외할머니가 흙집을 배경으로 찍은 흑백사진, 사촌오빠와 언니들의 까까머리 사진, 촌스런 빨간 옷의 내 사진까지 한 집

외할아버지와 외할머니
환갑 기념사진

왼쪽부터 큰이모, 중간이모,
엄마, 막내이모이다.

안의 역사가 낡은 앨범 안에 고스란히 담겨 있었다.

그리고 한 장의 사진.

뒷머리를 잔뜩 부풀린 엄앵란 스타일에 한복을 곱게 차려입
은 큰이모와 중간이모와 엄마, 양장을 차려입은 막내이모가
나란히 옆으로 서서 찍은 사진이 내 눈길을 사로잡았다. 사
진 속 젊고 탱탱한 이모와 낮에 요양병원에서 본 이모가 겹
쳐 보였고, 멋쟁이였던 엄마의 젊은 시절도 가슴 아리게 다
가왔다. 아름다운 시절은 너무 짧아서 우리를 더 아프게 한
다. 큰이모는 오래전에 우릴 떠났고, 중간이모도 몇 달 후 코
로나가 시작되기 직전 눈을 감았다.

단란의 조건

어린 시절부터 꿈꾸던 삶이 있었다.

거창한 삶은 아니었고

가족과 함께 예쁜 집에서 단란하게 사는 삶이다.

그게 가장 이루기 힘들다는 것을 깨달은 건

나이가 들어서였다.

나는 빨간머리 앤을 참 좋아한다.

소설, 만화는 물론이고 드라마까지 챙겨본다.

드라마를 볼 때마다 펑펑 운다.

귀가 따가울 정도로 시끄럽게 떠드는

앤의 수다가 왜 이렇게 아플까.

앤이 원하는 삶도 거창하지 않다.

가족과 함께 평범하게 사는 삶이다.

어린 나이에 몹시도 가혹한 일을 겪어야 했던

고아소녀 앤은 코딜리어 공주를 상상했다.

그녀의 상상과 수다는

가혹한 환경을 버티기 위한 안간힘이었다.

그런 앤의 마음이 보여서 자꾸 눈물이 났다.

고난의 시간을 어떻게 보내는가에 따라

인생이 결정난다고 한다.

앤의 안간힘이었던 상상과 수다는

자신의 소설로 승화된다.

예전엔 단란한 가정의 조건이 꽤 많았지만

이제와 돌이켜보니 다 소용없는 것 같다.

세상이 말하는 필요충분조건이 없어도

우리집은 단란하다.

엄마가 행복하게 퍼즐하는 모습을 보는 것만으로도

'단란'의 조건을 충족한 것 같다.

녹음한다 여보세요를

밥을 먹다가 갑자기 휴대폰을 찾는다.
밥 먹는 엄마 모습을 찍는다.
집에서 입는 옷 그대로
헝클어진 머리 그대로.

당신은 뭐든지 다 잘 먹는다면서 편식하는 엄마가
눈앞에 앉아 있다.
밥도 드시고
물도 드시고
쩝쩝 소리도 내고
고개를 까딱까딱 하며 '사랑해'라고 한다.

설거지하다가 녹음 버튼을 누른다.
밥상 치우면서 하는 말
청소하면서 하는 말
기침 소리
웃음 소리
혼잣말
잔소리를 담는다.

전화를 건다.
엄마가 받는다.
"여보세요."
녹음한다.
엄마의 여보세요를.

언젠가 가장 그리워할 일상의 모습을
기록으로 남기기 시작했다.

그리움

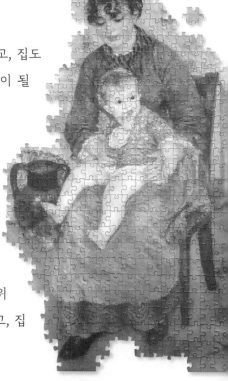

"나는 남편도 있고, 아들도 있고, 집도
있고, 차도 있는데 니는 그 나이 될
때까지 뭐 했노?"
친척 언니가 부드럽게 미소 지
으며 나에게 물었다. 온 친
척들 앞에서. 엄마 앞에서.

나도 부드럽게 미소 지으며
내 손으로 돈 벌어서 내가 하
고 싶은 공부 실컷 하고, 나를 위
해서 입고 먹고 쓰고, 차도 사고, 집

어머니와 아이Young Mother
오귀스트 르누아르Pierre-Auguste Renoir | 500피스 | 아트피스

도 얻고 엄마를 사랑하고 돌보고, 없는 것보다는 있는 것에 감사하며 산다고 대답했다.

친척 언니는 '그럼 됐다'라며 화제를 돌렸다. 재작년 고향 대구 내려갔을 때 일어난 일이다.

고향을 떠올리게 하는 퍼즐을 만나면 가끔 가슴이 먹먹해지고 심장 언저리가 아려왔다. 이제까지 고향이 그리워서 먹먹하고 아린 줄 알았는데 아니었다. 고향이 아니라 엄마와 함께 살았던 시절을 그리워하는 거였다. 식욕 돋는 약을 안 드셔도 밥 한 그릇을 뚝딱하시던 푸르렀던 엄마를 그리워하는 거였다. 꿈꾸는 건 노력만 하면 다 이룰 줄 알았던 청춘의 나를 그리워하는 거였다.

퍼즐을 하는 엄마의 등이 구부정하다. 예전 동화책에서 보던 꼬부랑 할머니를 닮아가고 있다. 가만히 다가가 껴안는다. 엄마 냄새를 맡는다. 포근하다. 고향에서 이모들과 시끌벅적하게 살아야 하는데 경기도 변두리 빽빽한 빌라촌 한구석으로 데려와서 미안하다고 엄마에게 말했다. 엄마는 그때는 안 행복했다며 딸하고 마음 편히 사는 지금이 가장 행복하고 푸르른 날이라고 대답한다.

가을을 사는 딸
겨울을 사는 엄마

인생은 사계절을 닮았다.

봄처럼

파릇파릇 돋아나는 시기가 있고

여름처럼

불타는 사랑을 하는 시기가 있고

가을처럼

열매 맺는 시기가 있고

겨울처럼

늙음이 부끄러워 눈 속으로 숨는 시기가 있다.

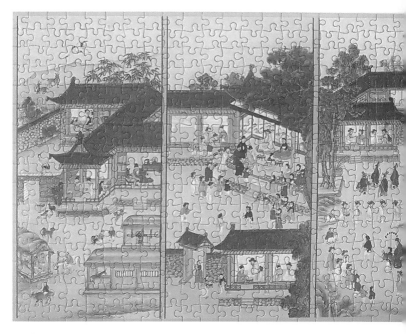

〈평생도平生圖〉* 중 여섯 작품 | 국립중앙박물관 소장품(덕수 5348, 공공누리 제1유형) | 752피스 | 토이앤퍼즐

나는 가을을 사는 것 같고
엄마는 겨울을 사는 것 같다.

엄마가 잠시 편찮으셔서 병원에 입원했다 퇴원했다.
나이 든 엄마와 함께 살다 보면
집이 약국이 되고

---

*〈평생도〉는 사람의 일생 중 경사스런 일을 그린 병풍 그림이다. 현재 여덟 폭으로 이루어져 있지만 열
두 폭 병풍이었을 것으로 예상된다.

자식은 반의사가 된다.

손발을 떨면 파킨슨을 의심하고
자꾸 잊어버리면 알츠하이머를 걱정하고
상조 광고를 그냥 지나치지 못하고
엄마가 떠난 후엔 어떤 마음가짐으로
살아야 하는지를 수시로 예습한다.

오늘도 무사히.

어느 버스 안에서 봤던 이 문구가
얼마나 간절한 것이었는지를 이제야 깨닫는다.

충분히 사랑한 사람은
떠나보낼 때도 잘 떠나보낸다고 하던데
잘 떠나보내기 위해
오늘도 사랑을 아끼지 않는다.
다 쏟아붓는다.

하지만 엄마가 떠난다 생각하면, 생각만으로도
가슴이 저며오고 주르르 눈물이 흐르니
이별을 어찌 연습할까.
그냥 당할 뿐.

예외

인생의 사나운 갈퀴를 누가 피할 수 있겠어?

만약 피했다면 두려워해야겠지.
곧 다가올 테니까.

겉으로는 그렇게 보여도

"엄마, 대구 내려가서 살까?"
"싫다."

엄마는 고향에 내려가기 싫어한다.
당신이 가장 좋아하는 언니가
이 세상에 없기 때문이라고 하지만
나는 안다. 진짜 이유를.
남들은 사위 손주 다 보고 사는데
자기만 아무도 없기 때문이다.
나이 든 엄마 품에 손주를 못 안겨드리는
불효자식은 절로 고개가 떨궈진다.

어쩌겠나. 뜻대로 되는 일이 아닌 것을.

"엄마, 십자가 없는 집은 없어.

어떤 집은 남편이 속을 썩여. 다니던 회사 때려치우고

사업한다고 죄다 말아먹고 빚지고.

먹고는 살아야 하니까 부인이 일하러 나가야 해.

부인이 돈 잘 벌면 그것 때문에 또 싸워.

남편이 돈 잘 버는 집은 괜찮냐? 아니.

그럼 애가 속을 썩여. 이런저런 사고를 쳐.

남편도 돈 잘 벌고, 애도 착해?

그럼 시댁이 분란을 일으켜.

아니면 친정이 분란을 일으키거나.

그도 아니라고? 남편도 돈 잘 벌고 애도 착하고,

시댁도 친정도 다 좋아? 이제 살 만하면

남편이 바람을 피워. 그것도 아니라고? 그럼 남편이 아파.

아니면 애가 아프거나 본인이 아프거나.

남편도 없고 애도 없다고. 혼자라고?

그럼 외로워. 뼈가 시리게.

완벽하게 행복해?

거짓말."

"그런 사람 있다. 한나 전도사님."

"그분은 십자가를 통과했잖아."

"십자가를 통과했다는 게 뭐꼬?"

"대가를 치렀다고. 대가를 다 치르고 돌아와

국화꽃 앞에 선 누님이야. 그러니까 기죽을 필요 없어.

엄마, 다 각자 자기 십자가를 지고 사는 거야."

잘못 배웠다

사는 건 꼭 놀이공원 같아.

놀이공원엔 롤러코스터도 있고 회전목마도 있잖아. 놀이기구 타면 소리 지르고 그러잖아. 근데 내리면 또 타러 가. 재밌다고. 우습지? 그 우스운 걸 내가 하고 있어.

너무 큰 목표를 잡아놓고 힘들다고 막 소리치면서도 계속 달려가. 잠도 못 자고 코피 쏟으면서. 내리면 되는데 그걸 못해. 끝까지 완주 못 하면 왜 그것밖에 못 하냐면서 스스로를 막 괴롭히고.

목재 퍼즐 조각

인생은 무한 경쟁이고, 뒤처지지 않으려면 남들보다 백배 천배는 노력해야 하고, 그래야 다른 사람들 발가락이라도 따라가고, 그래야 이기고. 이겨야 가치 있는 삶이고. 져도 상관없다고 말하는 건 실패한 자들의 변명일 뿐이고. 이렇게 배웠거든.

일이 있으면 있어서 스트레스, 없으면 없어서 스트레스. 인생은 계속 스트레스이고 난 계속 이를 악물고 견디고.

이게 가치 있는 인생일까. 난 아닌 것 같아. 치아에 금이 갈 정도로 악물고 견뎠는데 지금 빈 배로 떠돌고 있잖아.

성공했다고 착각한 적이 있었지. 세상을 다 가진 것처럼 기뻤어. 이제 날 인정해주는구나. 이제 탄탄대로를 걷겠구나. 착각이었지. 그것도 엄청난. 곧바로 허무해졌어. 이게 뭐라고. 이걸 위해 그 많은 걸 희생했나 싶었지. 그날 밤 상패를 가슴에 안고 펑펑 울었던 것 같아.

아이들이 놀이공원을 좋아하는 건 신나고 즐겁기 때문이잖아. 미운 놈 용서하고 잊어주라는 것도 어쩌면 오늘 하루를 즐겁게 보내기 위해서 아니겠어. 잘해도 되고 못해도 상관없는 거 아닌가. 그냥 재미나게 놀자.

내 심장 아래의 샘

내 심장 아래에는 샘이 있어.
그 샘에는 물이 가득 차 있지.
노을이 지면 샘에서 물이 올라와.
가끔 그게 불편하지만
난 알고 있어.

샘의 물이 마르면
그때부터
늙는다는 것을.

프랑스 강가 풍경 A River Scene In France
찰스 유프라지 쿠와섹Charles Euphrasie Kuwasseg | 1000피스 | 챔버아트

노을을 보면 가슴이 아리고 눈물이 나니
나는 아직 덜 늙었나 봐.

그날의 베개

어느 날 갑자기 엄마가 옆구리가 아프다고, 아무래도 근육통인 것 같다고 해서 한의원에 모시고 갔다. 침도 맞고 뜸도 뜨고 이런저런 치료를 받았지만 전혀 낫지 않았다. 그 후 병원도 찾았으나 뚜렷한 통증의 원인은 찾을 수 없었다. 엄마의 통증은 갈수록 심해졌고 급기야 혼자서는 일어나지도 못할 지경이 되고 말았다. 나는 자리에 누운 엄마의 손과 발이 되어야 했다.

이 와중에 목동 출입국사무소를 갔다올 일이 생겼다. 일산에서 목동까지 지하철을 타고 가서 온종일 이런저런 서류를 떼고 나니 퇴근 시간이었다. 몸도 마음도 피곤한데 집까지 서서 갈 생각을 하니 그만 아찔해졌다. 퇴근 시간이 지난 다음에 갈까? 그럼 앉아서 갈 수 있지 않을까? 잠시 고민하다가 엄마에게 전화를 했다.

"엄마, 나 좀 늦을 거 같아."
"개안타, 나는 개안타, 일 다 보고 온나."

엄마 허락도 받았겠다, 서점도 가고 현대백화점도 가고 다리 아픈 것도 잊은 채 곳곳을 구경하며 돌아다녔다. 이렇게라도 콧바람을 쐬니 정말 살 것만 같았다. 지하철도 앉아서 편하게 올 수 있었다.

밤늦은 시간에 집에 도착했다. 마음껏 돌아다닌 게 마음에 걸려 양손에 먹거리를 잔뜩 사들고 엄마 방으로 향했다. "엄마, 나, 왔어." 엄마를 향해 사들고 온 것을 위로 번쩍 들어보였다. 그때 바닥에 누운 엄마가 나를 향해 애타게 손을 뻗었다. 덜덜 떨리는 손, 일으켜 달라는 엄마의 간절한 손이 내게로 뻗어 왔다.

나는 몹시 당황했다. 무슨 일이 있나? 떨리는 엄마 손을 잡고 일으켜드렸다. 내 부축을 받고 겨우 일어난 엄마는 울면서 화장실로 가셨다. 왜 우실까 의아해하며 엄마가 누웠던

자리를 보았다. 그리고 깨달았다. 엄마가 온종일 소변을 참고 또 참으며 나를 기다렸다는 사실을.

다음 날 엄마는 대형 병원에 입원했다. 엄마가 MRI를 찍으러 들어가기 전 간호사는 내게 엄마의 베개를 건네주었다. 병원에 입원하기 전 엄마가 챙겨온 바로 그 베개였다. 병원 베개는 잠이 안 온다는 이유였다. 무심히 엄마 베개를 안고 있는데 갑자기 역한 냄새가 풍겨왔다. 땀 냄새와 지린내가 뒤섞인 냄새. 통증의 냄새. 당황스러웠다. 엄마는 굉장히 깔끔한 사람이기 때문이다.

베개의 역한 냄새도 모를 만큼 아프셨구나. 내가 해방감에 취해 헛되이 돌아다니는 동안 엄마는 극심한 통증에다 소변까지 참

디저트: 붉은 색의 조화(붉은 방) The Dessert: Harmony In Red(The Red Room)
앙리 마티스Henri Matisse | 1000피스 | 유로그래픽스

고 있었다고 생각하니 와락 눈물이 쏟아졌다. MRI 대기실에 앉아 눈물을 흘리다 너무 창피해 화장실로 도망쳤다. 변기 위에 앉아 있는데 눈물이 하염없이 흘러내렸다.

엄마는 척추에서 주먹만큼 큰 고름 주머니를 떼어냈다. 병실 창문으로 들어오는 겨울 햇살에 봄날 병아리처럼 꾸벅꾸벅 졸던 날 엄마가 마른 손으로 내 뺨을 쓰다듬었다. 그 순간 나는 깨달았다. 미움도 서러움도 그 어떤 감정도 중요하지 않다는 것을. 엄마가 내 곁에 있다는 사실 외에는 아무것도 중요하지 않다는 것을. 그리고 엄마의 시간이 그리 많이 남지 않았다는 사실을.

죽음이 삶과 함께 호흡하고 있음을 깨달은 날부터 나는 엄마에게 화를 내지 않게 되었다. 어쩌다 사소한 다툼이 일어나면 그날의 베개와 마른 손을 떠올렸다. 그러면 화가 여름날 아이스크림처럼 사르르 녹아버리곤 했다.

"엄마"하고 불렀을 때 아직 거실에 계심에 그저 감사하게 되었다.

　　　달뜬 생각에
　　　배를 몰고 바다로 나가

만약 다음 생이 있다면
지중해가 보이는 해변에
하루 종일 해가 드는 흰 집 짓고
집 앞에는 이름 모를 들꽃 심고
바다에 나가 물고기 잡고
잡은 물고기 지중해 바람에 구워 먹고
타는 태양 아래
모래처럼 반짝이며 살고 싶다.

가끔 동네 사람들과 어울려 춤도 추고
가끔 달뜬 생각에 배를 몰고 바다로 나가

신은 왜 나를 여기 보냈는지,
나를 사랑하는지 묻고
하늘의 별을 보며 울고 싶다.

소박한 배우자 만나 사랑하고 결혼하여
지중해를 닮은 아이를 낳아
황금색 밀밭처럼 여물어가는 모습 보며
태양처럼 환하게 살다
축제처럼 가고 싶다.

하지만 다음 생은 없고
오늘도 인생의 숙제를 하느라 허덕이며
찬란한 슬픔의 봄을 맞이할 뿐이다.
무엇에 쫓기며 사는 걸까?
욕심을 내려놓은 줄 알았는데
버리지 못한 한 바구니의 욕심이
어지러운 방안에 꽉 차 있다.
지중해도 태양도 들어올 틈이 없을 만큼 꽉 차 있다.

봄-Spring | 어니스트 월본Ernest C. Walbourn | 1000피스 | 비엔

다시 부끄럽지 않도록

지난 시절은
돌아보면 부끄러운 일뿐이라
절로 고개가 숙여진다.

못남을 숨기려 잘난 척하고
비난 받을까 무서워 공격하고
상처 받을까 두려워 무심해지고
무지를 들킬까 가르치고…

과거로 돌아갈 수 있는 옷장이 있다면 당장 들어가
싹 다 바꿔놓고 싶지만

바꿔놓아도 또 부끄러울 것 같다.

아무리 생각해봐도
부끄러운 인간이고
고개가 숙여지는 인간이고
기도할 수밖에 없는 나약한 인간이다.

제발 다른 건 바라지 않으니
부끄럽지 않게만 살게 해 달라고 기도한다.

미안, 잘난 척해서

엄마는 홍합 껍데기를 차곡차곡 크기순으로 포개어 꽃처럼 만든 후 버린다. 음식을 먹을 때는 가장 맛없는 부분부터 먹는다. 가장 맛있는 부분은 나중에 먹으려고 아껴둔다.

퍼즐할 때도 마찬가지다. 테두리에서 가운데로 차곡차곡, 마치 홍합 껍데기를 포개듯 맞춘다. 그러다 결국 퍼즐 조각을 던지며 외친다. "내는 못 한다." 이쯤 되면 내가 나선다.

"쉬운 거부터 맞추라니까."
"여기 쉬운 게 어디 있노?"
"무조건 제일 큰 그림부터 맞춰. 건물이든 사람이든. 그게 제

146

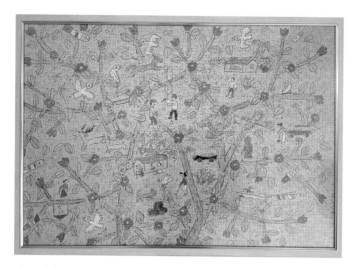

제주생활의 중도 ｜ 이왈종 ｜ 1000피스 ｜ 비엔비

일 쉽잖아. 쉬운 거부터 맞추다 보면 어려운 것도 맞아 들어
가게 되어 있어."

사는 것도 그렇다. 처음부터 어려운 일을 붙들고 씨름하면
이내 지쳐 나가떨어지거나, 큰 생채기를 남기거나 혹은 도망
치게 된다. 쉬운 일부터, 지금 내가 할 수 있는 일부터 하나
씩 해나가다 보면 내공이 쌓이고, 그러다 보면 어려운 일도
차례로 해결해나가게 된다.

"앞으로 살면 백 년을 살 거야 천 년을 살 거야. 좋은 옷부터 입고, 맛있는 것부터 먹고, 갈 수 있을 때 좋은 데 가고, 알았지? 퍼즐도 제일 쉬운 곳부터 맞춰. 그래야 재미있고 재미있어야 끝까지 맞추지."

잘난 척하고 있는 나도 실은 허름한 옷부터 입고, 흠이 많은 고구마부터 먹는다.

말만 툭 던져놓고 내 방으로 들어가려는데 엄마의 긴 한숨소리가 그림자처럼 따라붙는다. 마치 나 들으라는 듯이. 결국 엄마를 돕기 위해 거실로 나와 옆에 털썩 앉았다. 그리고 퍼즐을 쳐다봤는데 아, 이런!

큰 건물도, 큰 사람도 없다. 모두 비슷한 크기로 그려져 있다. 이왈종 화백은 모든 것을 평등하게 바라본다. 꽃, 나비, 개, 사람까지 다 평등하게 바라보기에 원근법을 무시하고 같은 크기로 그린다. 동백꽃과 사람, 나무, 개와 새가 거의 같은 크기로 그려져 있다. 엄마 미안. 잘난 척해서.

즉효! 우울 처방전

언니에게 페톡이 왔다.

우울하단다.

언니, 쇼핑할 때가 된 거 같아.

기분전환이 필요한데

여행을 가자니 준비하다가 지치고

친구를 만나자니 시간 맞추다 지친다.

겨우 약속 정해 친구를 만나 넋두리를 늘어놓아도

그날 밤엔 어김없이 후회의 이불킥을 하게 된다.

걔도 피곤할 텐데 나까지 보탰구나.

그냥 참을걸. 괜히.

이 정도의 후회는 운이 좋은 경우다.
대부분은 조금 들어주다가 짜증을 내며
가장 상처받을 말을 휙 던진 후 급히
다른 이야기로 탈출한다.
그 모습에 괜히 털어놓았다 후회한 적이
어디 한두 번이었던가.
누군가의 넋두리를 참고 들어줄
자상하고 큰 귀를 가진 사람은 그리 많지 않다.

어느 날부턴가
혼자 쉽게 기분전환하고 싶을 때
쇼핑을 하기 시작했다.
백화점을 가기도 하지만
대부분은 잠자리에 들기 전
침대에 모로 누워 모바일 쇼핑을 한다.
하루를 고생한 나에게 선물을 준다.
의외로 쇼핑이 주는 즐거움이 있다.
그 짧은 찰나의 유희면 충분하다.

코로나 이후 이상한 병이 생겼다.

하루 종일 방에 처박혀 있다가
밤 11시만 넘으면
좀비처럼 튀어나와
주방으로 가서 미친 듯이 반찬을 만든다.

오늘은 홍합 미역국
내일은 명란을 넣은 계란탕
모레는 또 뭘 만들지를 밤 11시부터 고민하다가
제육볶음으로 결정하고는
삼시세끼 차주부 제육볶음을 할 건지
백선생 제육볶음을 할 건지 고심하고
유튜브로 조사하고
시뮬레이션을 하고
그리고…
나는 미친 거 아닐까, 하는 결론에 도달한다.

12시 땡!

호박마차에서 내린 신데렐라처럼
다시 조용히 방으로 들어온다.

갑자기 창문을 활짝 열고 빽 소리를 지르고 싶다.

왜 이러나 곰곰이 생각해보니

오늘 쇼핑을 안 했다.

영양제 직구는 어제 했고 이제 더는 구입할 밀키트도 없다.

퍼즐 장터는 언제 열리는지를 고민하다가

끝내 퍼즐사이트로 들어간다.

0.0001초 만에 결제를 끝내고 뭐라도 사고 나니

살 거 같다.

1일 1쇼핑이 없었으면 숨 막혀 죽었을지도 모른다.

친구야, 바람의 옷을 입고
바람을 따라가자

친구야.

바람의 옷을 입고 바람을 따라가자.

나를 놓고 홀연히 돌아서자.

　　기예를 익힌 자만이 초연할 수 있음을 기억하자.

　　친구가 일 년을 준비한 작품을 접었다.

　　　자세히 말하지 않아도 행간이 다 읽힌다.

　　　나도 수없이 겪었던 일이었으니까.

　　　눈물을 갈아 먹고 쓴 작품이

　　　　꽃으로 피어나고

새처럼 훨훨 날아가면 좋으련만
섣부른 칼날 아래
도마 위 생선처럼
가차 없이 잘려나간다.

피 흘리는 날것은
파닥이는데도 버려진다.

하지만 친구와 나는
살기 위해 또 일어나
눈물에 훌훌 밥 말아먹고
나와서 웃고 춤추고 연주한다.

어쩌면 우리가 익혀야 했던 것은
완성을 모르는 기예가 아니라
초연함일지도 모르겠다.

발레 수업The Dance Class | 에드가 드가Edgar Degas | 500피스 | 퍼즐라이프

바늘당시기 좀 꺼내 온나

"엄마, 옷 뜯어졌어. 꿰매 줘."
소파에 옷을 툭 던지고 옆을 돌아본다.
마른 손으로 뜯어진 옷 솔기를 살피는 엄마가
아직 내 옆에 있다. 다행이다.
아직 옆에 있어 줘서.

일러바치는 아이처럼 나는 엄마 옆에 앉아 종알거린다.
"솔기가 왜 뜯어졌는지 모르겠어.
나 바느질 못하잖아. 엄마, 꿰매 줘."
"옷을 우째 입어서 이렇노. 거, 바늘당시기* 좀 꺼내 온나."

———————

* 반짇고리의 경상도 방언

퍼즐 조각을 만지는
엄마의 손가락

엄마가 처녀 때부터 쓰던
낡은 쪽가위

서랍에서 오래된 반짇고리를 꺼낸다.

쪽가위와 낡은 실패

호박 모양의 오색 바늘꽂이

가늘고 굵은 고무줄 조각

오래전 입다 버린 치마의 리본

기억조차 안 나는 겨울 코트의 여벌 단추와 운동화 끈

엄마의 바늘당시기에는 세월이 고스란히 담겨 있다.

낡은 쪽가위 하나가 눈길을 끈다.

새까맣고 반들반들한 재봉용 쪽가위.

"이건 언제 쓰던 가위야?"

"하이고, 그기 오래됐다. 니 태어나기도 전이다."

엄마의 청춘을 삼킨 쪽가위는
엄마의 굽은 손가락과 딱 들어맞는다.
구부정하게 앉아 메마른 손으로
뜯어진 솔기를 꿰매는 엄마 옆에 딱 붙어 앉는다.
먹고살려다 뜯어진 마음을 살포시 기댄다.
한 땀 한 땀 엄마는 뜯어진 소매와 내 마음을 함께 꿰맨다.

엄마가 오랫동안 옆에 있었으면 좋겠다.
긴 바짓단도 올려야 하고
단추도 새로 달아야 하고
뜯어진 소맷단도 꿰매야 하고
비틀어진 마음도 꿰매야 하니까.
아직 아직은 엄마의 할 일이 많다고
날마다 굽어가는 등에 메마른 손에 칭얼거려 본다.

수고했다

이기적이다. 나이란 놈은. 그렇게 붙드는데도 매몰차게 뿌리
치고 저 갈 길을 뚜벅뚜벅 잘도 걸어가더니 기어이 내 발 앞
에 12월을 던져놓는다. 그렇다면 나도 가만히 있지 않아. 한
살 더 먹는다고 생각하는 대신 무사히 잘 넘겨서 다행이라고
생각할 테다. 나이 신경 쓸 시간에 아껴줄 이 하나 없는 나
자신이나 신경 쓸 테다.

대견한 나에게 편지라도 써서 위로해줄 테다.

혼자 묵묵히 그 외로운 길 참 잘도 걸었다.

올해 엄마가 아파서 힘들었지? 그래도 엄마 치아 치료도 해드렸고 산부인과 검진과 암 검진까지 해드렸더라. 잘했어. 엄마에게 보청기 해드린 건 제일 잘한 일이야. 미국에서 온 언니와도 잘 지냈고, 늘 고민만 하던 공증과 보험 문제까지 깔끔하게 정리했지. 정말 기적 같은 일이었어. 엄마가 코로나에 걸렸을 때 열이 펄펄 나는 엄마를 옆에서 잘 간호했어. 후유증으로 정신이 왔다갔다할 때 많이 울었던 거 알아. 그래도 잘 헤쳐나갔어. 나는 네가 몹시도 자랑스러워.

가장 자랑스러운 건 아플 때 꿀꺽 삼키는 게 아니라 아프다고 말할 수 있게 되었다는 거야.

모든 걸 혼자 감내하며 살아야 한다 생각했겠지. 그래서 더 억울했을 거야. 근데 이제 알겠니? 말해도 돼. 나누어도 돼. 그게 가족이야.

올해 참 부지런히 일했더라. 더운데도 일하고 추운데도 일하고 외로울 때도 일하고 울면서도 일하고 아무런 수확이 없는 것 같은데도 끝내 다 해냈어. 장하다. 참 장해. 내년에는 올해보다 나을 거야. 더 행복해질 거고 더 즐거워질 거야.

연말인데 혼자라고 너무 외로워하지 말고, 너무 슬퍼하지 말고 씩씩하자. 크리스마스 트리도 만들고 감사 예배도 드리고 예수님이 왜 오셨나를 생각하면서 진짜 크리스마스의 의미를 되새기자. 그렇게 고요히 보내자.

수고했다.

자꾸 자꾸 자꾸

사랑해

언젠가
눈물나게
그리워할
하루

엄마표 소고깃국이
먹고 싶다

대학 다닐 때 학교 앞에서 자취를 했었다.
라면, 김치찌개, 김치볶음밥이 전부였던 시절
내 건강을 책임진 곳은 학교 구내식당이었다.
수업이 없어도 밥 때문에 학교에 간 적도 많았다.
그때 가장 먹고 싶었던 음식이 바로
엄마가 끓여준 경상도식 소고깃국이었다.

냄비에 참기름을 두르고 다진 마늘과 소고기 양지,
고춧가루, 무를 어슷하게 잘라 넣은 후 달달 볶는다.
무가 익으면 쌀뜨물을 붓고 한소끔 끓인 후
고사리와 숙주를 넣고 다시 끓인다.

조선간장과 액젓을 넣고 끓인 후
한 사발 떠서 밥 말아 먹으면 어찌나 힘이 나는지
어떤 일이 닥쳐와도 꿀떡 이겨낼 수 있을 것만 같았다.

어린 시절 온종일 밖에서 놀다 집에 들어가면
대문에서부터 고소한 소고깃국 냄새가 진동했다.
엄마가 집에 있구나.
날 위해 소고깃국을 끓이는구나.
나는 이제 맛있게 먹기만 하면 되는구나.
집에 왔다. 이제 안심이다.

소고깃국 한 그릇에는
나와 엄마의 긴 세월이 담겨 있다.
한 사발 퍼먹으면

산비탈의 오두막집Hillside Cottage
헬렌 앨링햄Helen Allingham | 500피스 | 학산

노을을 따라 집으로 돌아오던 어린아이가 떠오른다.
밖에서 일어났던 일을 병아리처럼 조잘대던
어린아이가 떠오른다.

"엄마, 소고깃국 끓여 줘."
"내는 인자 다 잊었다. 우째 끓이는지 모르겠다."

조금 섭섭하지만 내가 끓이기로 한다.
엄마가 기억을 다 잃기 전에 나한테
미리 다 알려줬으니 문제는 없다.
엄마 방식 그대로 끓인다.
짜도 괜찮으니까 맛없어도 괜찮으니까
엄마표 소고깃국이 먹고 싶다.
엄마의 마디 굵은 손으로 툭툭 끓여주던
그 투박한 소고깃국이 그립다.

어젯밤에 꿈을 꾸었다.
엄마가 자꾸 어딘가를 간다.
나는 자꾸 부른다.

엄마, 어디가? 가지 마.
가지 말고 여기 와서 나 소고깃국 끓여 줘.

밤의 민낯

낮이 짙은 화장을 한 얼굴이라면 밤은 민낯이다.

활기차게 웃고 떠들던 마음이 실은

절망을 숨기려는 필사적인 몸부림이었음을

밤은 알려준다.

그래서 술을 마시는 걸까.

민낯을 마주할 용기가

부족해서.

황도 12궁 Zodiac
알폰스 무하 Alphonse Marie Mucha
1000피스 | 디토이즈

바닷가 도서관

너의 꿈이 뭐냐 물으면
바닷가에 작은 도서관 열고 바다 냄새 맡으며
평생 책 보는 거라고 말하고 싶다.

다행히 도서관학과를 나왔고
학창 시절엔 학비를 벌기 위해 도서관에서 일도 했었고
버스를 타고 가다 도서관만 보면 고개를 돌리고
버스에서 내려 들어가고 싶은 충동에 사로잡히니까.

제주도에 가니 바닷가에 작은 책방이 있었다.
커피전문점을 겸하는 그곳에서 《박완서의 말》을 샀다.

빌뇌브라가렌의 다리The Bridge At Villeneuve-La-Garenne
알프레드 시슬레Alfred Sisley | 500피스 | 비앤비퍼즐

가진 것을 다 팔면 지금이라도 바닷가에
조그만 책방을 열 수 있는데.
보르헤스는 천국은 도서관 같은 곳이라고 했는데.
천국을 소망하는데.

한 바가지의 미련이 큰 댐처럼 막고 서서
가지 말라, 가지 말라 한다.

응답

먹먹한 마음 안고 기도하면

주님은 항상 자신을 답으로 내어주신다.

웅덩이 앞에서

괜찮아. 건널 수 있어. 호랑이를 상상해. 넌 고양이가 아니라 호랑이야. 두려움 따윈 밟아버려.

웅덩이를 피하고 싶겠지. 근데 피하고 나면 또 다른 웅덩이를 만날 거고, 또 피하면 또 또 다른 웅덩이를 만날 거야. 그러니까 건너야 해. 넌 건널 수 있어. 웅덩이를 건너가면 강을 만날 것이고 강을 건너면 마침내 바다를 만날 거야. 네가 포기하지만 않는다면 우주가 널 도와줄 거야.

넌 혼자가 아냐. 그러니까 그만 망설이고 이제 걸어.

담백해지리라

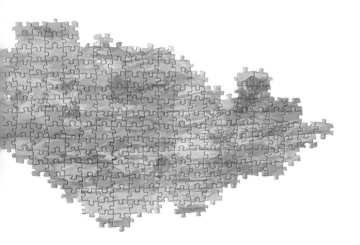

담백한 사람이 되고 싶다.
덜 익어서 떫지 않고
푹 익어서 시큼하지 않고
생긴 그대로의 맛만 내는 사람이 되고 싶다.

고마운 것을 고맙다고 하고
미안한 것을 미안하다고 하고

잘못한 것을 잘못했다고 하고
보태지도 빼지도 둘러치지도 휘두르지도 찌르지도 않고
딱 그것만 말하고 싶은데
어찌 이리 어려울까.

맛있는 식사를 대접받고
고맙다는 말 한 마디면 충분한 것을
뭔가 다른 표현을 찾다가
'이건 나도 잘해. 다음에 해 올게'라고 말하고 만다.

후회를 그림자처럼 매달고 돌아가는 길
내일은 꼭
근질거리는 입을 닫고
담백해지리라 다짐한다.
침묵을 엿가락처럼 길게 늘이겠다 다짐한다.

수련Water Lilies
클로드 모네Claude Monet | 1000피스 | 아트피스

1000피스의 쓸모

3시간 28분.

오늘 엄마와 나란히 앉아 있었던 시간이다. 퍼즐을 하지 않
았다면 더 짧았을 것이다. 어쩌면 하루에 10분도 같이 안 앉
아 있었을지 모른다. 우리에게 남은 시간이 길지 않은데 왜
더 오래 앉아 있지 않았을까. 내일은 조금 더 오래 엄마와 앉
아 있으려 한다. 아마 1000피스짜리 퍼즐을 맞추면 가능하
지 않을까.

혹시 엄마와 나란히 앉았다면 괜한 옛날 얘기는 꺼내지 말
길. 뜨신 밥 잘 먹고 눈물 쏙 빠지도록 싸울 수도 있다. 차라

리 함께 퍼즐을 맞추길 권한다. 한 가지 목표를 향해 달리다 보면 생각지도 못한 동지애가 생길지도 모르니까.

낮술 해서
다 털어버릴 테다

낮술 하고 싶다.
사과주나 뱅쇼, 빨간 포도주.

살랑살랑 부는 바람에 마음이 간질간질한 날
말없이 함께 바람을 즐길 수 있는 친구들과
꼴 보기 싫었던 인간들 흉도 보면서
돌처럼 쌓인 걱정들
휴- 긴 한숨에 툭 꺼내
깔깔깔 웃음으로 뭉쳐

(테라스의) 두 자매 Two Sisters On The Terrace
오귀스트 르누아르 Pierre-Auguste Renoir
500피스 | 챔버아트

건지섬 해변의 아이들
Children On The Seashore, Guernsey
오귀스트 르누아르Pierre-Auguste Renoir
500피스 | 학산

사는 게 뭐 그렇지, 툭 던지며
뺨이 발그레해지도록 마시고 싶다.

낮술 해서 다 털어버릴 테다.
술에 취해
환한 대낮의 햇살을 이불 삼아 퍼질러 자고 나면
뭐 괜찮아, 하고 또 걸어갈 수 있을 것 같다.
빨간머리 앤처럼 맑아질 수 있을 것 같다.

반대로 듣기

내가 인자 살아봐야 얼마나 살겠노.

옷 사지 마라. 신발도 필요 없다.

엄마가 늘 하는 말이다.

그래서 엄마 옷이나 신발을 안 사도 되는 줄 알았다.

어느 날 백화점 앞을 지나는데

엄마가 좋아하는 브랜드를 세일하고 있었다.

사갔다가 핀잔만 듣는 거 아닐까 잠깐 고민하는데

어디선가 속삭이는 소리가 들려왔다.

'엄마한테 완전 딱 어울릴 거야.

딴 사람이 가져가기 전에 빨리 사.'

나는 옷을 꽉 쥐고 다급하게 계산대로 향했다.

집에 와서 엄마한테 건넸더니 세상에나!

너무 좋아하신다.

몸에 이렇게도 대보고 저렇게도 대보고

교회에도 입고 가고.

필요 없는 게 아니었다.

반대로 알아들어야 했던 거다.

옷이나 신발을 사오지 말라고 하는 건

사오라는 뜻이고

이제 살면 얼마나 살겠냐는 말은

오래 살고 싶다는 뜻이고

큰어머니가 빈손으로 와도 된다고 하는 건

뭐라도 사오라는 뜻이고

친구 시어머니가 집에 안 와도 된다고 하는 건

꼭 오라는 뜻이고

생일날 아무것도 하지 말라는 건

신경 많이 써 달라는 뜻이다.

왜 어른들은 반대로 말할까?

왜 속마음을 감출까?

혹시 솔직하게 말하면 조롱당할 거라고 생각하시는 걸까?

저렇게 하루가 지나고, 일 년이 지나고, 십 년이 지나면서 나는 나이를 먹고 점점 더 많이 반대로 말할 것이다. 조금 더 솔직해질 수 있기를 바란다.

하루의 시간: 아침의 눈뜸, 한낮의 빛남, 저녁의 관조, 밤의 휴식The Times Of The Day:
Morning Awakening, Brightness Of Day, Evening Contemplation, And Night's Rest
알폰스 무하Alphonse Maria Mucha │ 500피스 │ 오메가

더 오래 살고 싶고

선물 사오면 좋고

생일날 아들 며느리 손자가 다 오면 좋고

그게 인지상정 아닐까?

세상에 틀린 감정이 있을까?

모든 감정은 다 맞는 것이고

나는 내 감정의 주인인 것을.

"엄만 기본 백 살은 살아야 해. 아직 멀었어."

"징그럽다."

엄마의 입꼬리에 웃음이 묻어난다.

내일은 백화점에서 엄마 옷을 좀 사야겠다.

그녀는 웃고 있었다

내 이십 대의 뒷모습이 이랬을까.

그때 나는
이십 대였고
신림동 옥탑방 앞마당에
내 눈물 하나 지켜주는 이 없이 홀로 앉아
새벽을 맞이하곤 했다.

그때 나는
사랑을 잃고 반쯤 미쳐 있었고
방송국 고료가 제때 입금이 안 되어

생활고에 허덕였고
밤새 일하다 응급실에 실려 갔고
언니와 툭하면 싸웠고
일본으로 가는 언니를 수시로 마중했고
중부고속도로에서 사고로 아버지를 잃었다.

나는 우주에 동동 떠다니는 우주인처럼 외로웠고
버스만 타면 창밖을 보며 울었고
비빌 언덕이 없다는 것을 깨달았고

남보다 두 배는 노력해야 성공한다며 나를 혹사시켰다

엄마와 퍼즐을 맞추며
이십 대라서 더 힘들었던
신림동 시절이 필름처럼 지나갔다.

퍼즐을 다 맞추고 바라보니
문득 이 여자의 표정이 궁금해졌다.
머리를 쓰다듬어주며 말했다.

"그 힘든 시간 잘 지나왔다. 수고했다."

여자가 돌아본다.
혼자가 싫어 가까이 있는 사람을 사랑하려 애썼던
그 여자는
배우지 못한 사랑을 책과 영화에서 도둑질하던
그 여자는
뒤통수 맞고 깨어지고 찢어지면서도
아픔을 빛으로 승화하겠다고 발버둥치던
그 여자는
한 송이 국화처럼
환하게 웃고 있었다.

내당동 소녀

내당동의 그 아이는 지금 어디 있을까.

골목을 헤매는 어린 소녀가 있었다.

내당동의 그 골목길은 마주 오는 사람이 있으면
옆으로 비켜서야 할 정도로 좁았고
미로처럼 복잡하고 구불구불했다.
걷다 보면 막다른 길이 나오고
낙심하며 돌아서면 또 막다른 길
다시 돌아서면 이미 걸었던 길이었다.
뫼비우스의 띠처럼 영원히 끝나지 않을 것 같은

대구 내당동 그 좁은 길에서
어린 소녀는 항상 길을 잃었다.

이러다 영영 좁은 길에 갇혀버리는 게 아닐까
소녀는 무서워 울음을 터트렸고
그때마다 이모나 사촌오빠가 찾으러 왔다.
좁고 구불구불한 길은
이모나 사촌오빠 같은 동네 주민에게는 쉬운 길이었다.

이모나 사촌오빠의 손을 잡고 걸으면
막다른 길 옆으로 거짓말처럼 샛길이 나오고
또 막다른 길 옆으로 거짓말처럼 또 샛길이 나오고
그렇게 걷다 보면
눈앞에 불쑥 이모 집이 나타났다.

가끔 내당동 그 좁고 구불구불한 길을 헤매는 꿈을 꾼다.
젖 먹은 힘까지 다해 걷고 또 걸어도
나오는 것은 그저 막다른 길.
소녀는 막다른 길 앞에 서서 울먹이며
이모나 이종사촌 오빠를 기다리고 있었다.

나무 같은 엄마에게

당신은 늘 푸르다.

여린 살로 거친 벽을 향해 돌진하는
당신은 푸르고
감당할 수 없는 청춘에 어지러이 뛰놀던
당신은 푸르고
오랜 물음의 끝은 나를 버리는 것임을 묵묵히 받아들이는
당신은 푸르고
같은 고통, 같은 자리, 같은 시간을 받아들이고
묵묵히 시린 날들을 견디는 당신은
이미 푸르다.

그런 당신이 있어 나는

꽃을 피우고

하루를 살고

열매를 줍고

웃을 수 있었다.

언젠가는 눈물나게 그리워할 그 하루를
살아가는 중이다

오전 내내 일이 많았다. 병원, 관공서, 은행… 일을 끝내고 집에 오니 오후 3시가 훌쩍 넘어 있었다. 엄마는 점심도 거른 채 나를 기다리고 있었다. 저혈당이 올 수도 있는데 왜 안 드셨냐고 짜증스럽게 물어보니 내가 오면 같이 먹고 싶어서 기다렸단다.

내가 외출할 때마다 '운전 조심하고, 사람 조심하고, 매사에 조심하고', 엄마는 이 말로 마중한다. 나는 건성으로 어, 어, 이러고 나온다. 외출했다가 밤늦게까지 돌아오지 않으면 소파에 앉아 꾸벅꾸벅 졸며 나를 기다린다. 내가 집에 들어오면 그제야 침대에 눕는다. 방으로 가는 엄마의 등에 대고 말

한다. '나 왔으니까 이제 안심하고 자.'

병원 진료를 가면 엄마는 내 손을 꼬옥 잡고 졸졸 따라다닌다. 이리로 가자면 가고 저리로 가자면 가고, 어디 가는지 아느냐 물어보면 '나는 내 딸만 따라다니면 된다' 한다. 딸은 어느새 엄마가 의지할 수 있는 사람이 되어버렸다.

내가 해바라기 길을 힘차게 걸을 수 있었던 것은 등 뒤에 엄마가 있었기 때문이다. 이제 그 해바라기 길에 엄마가 서 있다. 등도 굽고 허리도 아파 오래 못 서 있지만 하늘에서 보내주는 햇살에 따뜻하게 머리를 구우며 해사하게 웃을 수 있게 이제는 내가 등 뒤에 서 있으려 한다.

언젠가는 눈물나게 그리워 할 그 하루를 살아가는 중이다.

둘러앉아 먹어봤나요

명절이 되면 항상 엄마 손을 잡고 대구 내당동 외갓집에 가
곤 했다. 외갓집은 외할아버지가 흙으로 지은 집이었는데 나
무문을 밀고 들어가면 문간방, 장독대, 넓은 툇마루와 안방,
건넛방, 정주간이 있었다.

큰외삼촌이 남자들 다 모아 방에서 제사를 지내면 나는 툇마
루에 앉아 문지방 위에 걸린 사진을 구경했다. 갓을 쓰고 한
복을 입은 외할아버지 흑백 사진은 볼 때마다 신기했다.

제사가 끝나면 일가친척이 안방에 둘러앉아 비빔밥을 먹었
다. 큰외삼촌이 콩나물, 무시나물, 도라지, 고사리, 시금치나

물을 양재기에 붓고, 탕국과 제삿밥을 그릇 채 쏟고, 깨소금이 동동 뜬 진간장에 참기름을 부어 쏙쏙 비벼 나눠주셨다. 제사상 비빔밥이 얼마나 맛있었던지 지금도 명절만 되면 외갓집이 떠오른다.

큰외삼촌이 돌아가시고, 외할아버지가 지은 내당동 흙집이 도시개발로 헐리자 제사상 비빔밥은 사라지고 말았다. 명절 때가 되면 엄만 내 손을 잡고 이젠 내당동 이모 집으로 향했다. 녹두 빈대떡을 부쳐 먹기 위해서다. 이모는 밤새 불린 녹두를 손으로 비벼 껍질을 까놓고 우리를 기다렸다. 엄마는 고사리, 돼지고기, 숙주나물을 삶아 갔다.

갈아놓은 녹두에 김치를 총총 썰어 넣고 고사리, 숙주, 돼지고기를 총총 썰어 넣으면 사촌오빠들이 거실에 자리를 잡고 앉았다. 녹두전 부치는 일은 사촌오빠들 몫이었으니까. 동글동글하고 납작하게 부쳐낸 녹두전을 먹으며 웃고 떠들다 보면 명절이 훌쩍 지나갔다.

이모와 함께 녹두전을 부쳐 먹으며 명절을 보내던 엄마는 서울에서 대학을 다니고 취직한 딸 때문에 대구를 떠나야 했다.

세월은 또 그렇게 흐르고 녹두 껍질을 까던 이모는 어느새 천국으로 가고 녹두전을 부치던 사촌오빠들은 모두 일가를 이루었다. 아직도 녹두전을 부치는지는 잘 모르겠다.

명절이 왔다. 대구에 내려가지 못하는 엄마를 위해 나는 녹두전을 부치고 나물을 무치고 탕국을 끓였다. 나물 비빔밥도 녹두전도 예전보다 재료도 많이 들어가고 더 맛있게 부치는데 그 맛이 나지 않았다. 제사를 지내고 일가친척이 흙집에 둘러앉아 쓱쓱 비벼 먹던 비빔밥 맛이 나지 않았다. 나도 이젠 핏줄로 연결된 사람 맛이 그리울 나이가 된 걸까.

"엄마 그때 기억나? 외갓집에 이렇게 다 둘러앉아서 나물에 탕국 넣고 비벼 먹었잖아."
"니는 별걸 다 기억한다. 내는 고마 잊었다. 그때 그 사람들도 다 없다. 이제 내만 남았다. 내가 참말로 오래 산다. 내도 이래 오래 살 줄은 몰랐다."
"아직 멀었다. 이십 년은 더 살아야 한다. 알겠나?"

우리의 소원

"내 소원은 세계 여행이야.

남편도 없고 자식도 없고 돌볼 손주도 없고 혼자야.

지독한 외로움의 끝에서 배운 건 포기야. 그리고 자유지.

어차피 혼자인데 자유를 즐겨야 하지 않겠어?"

"내 소원은 정원이 있는 넓은 집에서

마음 편한 사람들과 같이 사는 거야.

말실수해도 그런가 보다, 힘들면 같이 욕해주고,

외로우면 웃겨주는 사람끼리

등 기대고 마음 기대고 사는 거.

같은 층에 살면 바운더리 넘을 수 있으니까

"아일랜드 국민이 가장 사랑하는 작품 중 하나이다. 중세 덴마크에 살았던 힐레릴 공주와 그녀의 호위무사 힐데브란트와의 비극적인 사랑을 그린 그림이다. 힐레릴 공주는 호위무사 힐데브란트를 사랑했지만, 슬프게도 국왕의 반대에 부딪혔다. 국왕은 검투 대회를 열어 일곱 왕자에게 힐데브란트를 죽이라 명령한다. 하지만 워낙 뛰어난 기사였던 힐데브란트는 대회에서 여섯 왕자를 모두 죽인다. 힐데브란트가 마지막으로 일곱째 왕자를 죽이려는 순간 힐레릴 공주가 뛰어 들어와 살려 달라 애원하고 힐데브란트는 일곱째 왕자를 살려준다. 하지만 그 순간 일곱째 왕자가 힐데브란트를 죽이고 그 역시 죽음을 맞이한다. 충격을 받은 공주도 결국 죽고 말았다. 이 그림은 죽음을 앞둔 힐데브란트와 힐레릴 공주의 마지막 작별의 키스 장면이다."

층을 나눠서 사는 거야."

"나는 너랑 같이 살고 싶은데? 같은 집에서."
"그건 좀 생각해보자 언니."
"나는 너랑 같이 살고 싶어."
"어쨌든 우리의 소원은 같이 살면서 세계 여행하는 거야. 생각만 해도 즐겁다."
"같이 안 살 거냐고?"
"……"

탑 계단의 밀회|Meeting On The Turret Stairs
프레드릭 윌리엄 버튼Sir Frederic William Burton | 1000피스 | 유로그래픽스

야들은 와 머리에 뿔이 있노

엄만 가끔 무슨 그림인지도 모르고 퍼즐을 맞춘다.

"야들은 와 머리에 뿔이 있노."
"유니콘이야. 상상의 동물."
"와 뿔이 있는 동물을 상상하노?"
"몰라. 암튼 전설에 나오는 동물이야."

대충 말을 해놓고 핸드폰으로 '유니콘'을 검색했다.
내가 아는 거라고는
무라카미 하루키의 소설 《일각수의 꿈》뿐이니까.

"소원도 이뤄주나?"

"전설의 동물이 무슨 소원을…"

말 끝나기도 전에 들리는 엄마의 소원.

"우리 딸 건강하고, 하고 싶은 거 다 잘되게 해주세요."

아, 우리 엄마 교회 권사님인데.

유니콘은 소원하고는 상관없다고

그냥 중세 전설일 뿐이라고 말하려다가 그만둔다.

엄마는 그저 나와 언니 기도만 한다.

자신의 병 따위는 안중에도 없다.

김장 풍경

나에게 12월은 크리스마스가 아니라 김장의 달이다. 마트에 갔더니 사방이 김장 재료들이다. 짤막하고 통통한 배추, 당장이라도 밭으로 갈 것 같은 싱싱한 무 다발, 시퍼렇게 펄펄 살아 있는 무청, 코를 자극하는 육젓, 까나리젓, 갈치젓갈, 산더미처럼 쌓여 있는 갓, 쪽파 더미… 나는 김장 재료를 지나쳤다. 그리고 조그만 반찬 가게에서 더덕무침과 굴을 샀다.

몇 해 전부터 엄마가 김치를 안 드시기 시작했다. 묵은지도, 새로 담은 김치에도 젓가락이 가지 않았다. 입맛이 변한 것이다. 그전까지만 해도 겨울이면 조금이나마 김장을 했다.

고소한 고랭지 배추에 새우젓, 멸치액젓을 넣고 청각에 굴까지 총총 썰어 넣은 지방색이 혼합된 김치. 내 손으로 담갔어도 꽤 맛있었다. 갓 지은 고슬고슬한 밥에 김장 김치 척척 걸쳐 먹으면 12월이 꿀떡 넘어갔다.

나 혼자 먹겠다고 번거로운 김장을 할 수도 없는 노릇이라 자연스레 김치를 조금씩 사먹게 됐다. 하지만 시판 김치는 영 성에 차지 않았다. 뭐가 부족한 건지 모르겠지만 무언가가 부족했다. 그래서일까. 김장철만 되면 손가락이 근질거린다. 아직 젊은가 보다.

엄마와 나란히 앉아 두런두런 얘기를 했다. 주일 예배 후 장보러 가던 얘기, 김장하던 얘기. 어쩐지 쓸쓸하다. 쓸쓸함에 잠식되고 싶지 않아 퍼즐 하나를 뜯었다. 텔레비전에서 어떤 박사님이 외로울 때는 작은 일에도 정성을 다해보라고 말한다. 한 조각 또 한 조각, 정성을 다해 퍼즐을 맞춘다. 테두리를 맞추는데 엄마가 말을 건넨다.

"살아내느라 고생했다. 남한테 손 안 내밀고 가난한데도 뚜벅뚜벅, 니나 내나."

엄마 말에 와락 눈물이 쏟아지려 한다. 내가 울면 엄마도 따라 울까 봐 꿀꺽 눈물을 삼키고 퍼즐 조각을 맞춘다.

그때 택배가 왔다. 배도라지 4통. 잘 살아냈다고, 장하다고, 머리를 쓰다듬어주는 것 같아서, 등을 두들겨주는 것 같아서 뚝뚝 끝내 눈물이 흐르고 만다. 가족끼리 김장 장을 보는 모습에 많이 외로웠나 보다. 혼자 너무 고군분투하며 사는 것 같아, 엄마가 돌아가시면 더 외로울 것 같아, 그 모습이 눈앞에 보이는 것 같아 무척이나 외로웠나 보다.

이겨버리는 퍼즐

너무 속상해서 펑펑 울고 싶을 때가 있다.
기대 울 어깨 하나 없어 서러울 때가 있다.

우주 한가운데 홀로 버려진 것 같을 때
퍼즐 상자를 뜯는다.

어차피 세상은 혼자 사는 거라며
아무에게도 민폐 끼치기 싫다며
혼자 삭혀버릴 수 있다며
퍼즐을 쏟는다.

목재 퍼즐 한무더기

스멀스멀 올라오는 공황을 누르기 위해
황급히 조각을 찾는다.
배꼽 밑에서 용솟음치는 울분을 손가락 끝에 담아
욕지기를 뱉으며 조각을 놓는다.

그렇게
한 조각 한 조각 맞추다 보면
어느새
욕하는 것도 잊고
숨 막히는 것도 잊고
울분도 잊어버린다.
한 조각 한 조각이 제자리를 찾아 들어갈 때의 쾌감이
끝내 분노를 이겨버린다.

마음의 얼룩

흰 눈이 오신다 하여 눈 퍼즐을 꺼내들었다.
흰 눈이 나의 부끄러움을 가려줄까.
세상은 도화지처럼 시리도록 흰데
내 마음은 어찌 이리 얼룩덜룩한지.

갈 곳 없이 헤매는 마음은
눈바람처럼 휘이휘이 떠돈다.

나를 평화롭게, 부끄러움을 자신감으로 바꿀 수 있게
그 분의 한 말씀이 애가 타
오늘도 기도할 수밖에.

그까짓 피아노

어렸을 때 가장 배우고 싶었던 것은
서예도 아니고 주산도 아니고 피아노였다.

"피아노 배우게해 줘. 피아노 배우고 싶어."
엄마가 일하고 돌아오면 나는 늘 떼를 썼다.

"피아노 학원비가 얼마나 비싼 줄 아나. 그런 거는
돈 있는 애들이나 배우는 거다."

가난한 형편에 피아노는 사치였을 것이다.
엄마의 한마디에 나는 더 떼쓰지 못 했고

피아노 학원을 일부러 피해서 다니곤 했다.
나의 첫 번째 피아노 수업은 그렇게 날아갔다.

대학 때 잠깐 피아노를 배운 적이 있었다.
당시 피아노 선생님은 앞을 잘 못 보셨지만
내가 피아노 치는 소리만으로도
어딜 잘못 쳤는지 귀신같이 알아내셨다.

수업이 끝나고 집으로 가는데
선생님이 혼자 버스정류장에 앉아계셨다.
항상 같이 가는 분이 그날따라 안 왔던 것이다.
버스 타는 것만 거들려고 했는데 결국
목적지까지 같이 가게 됐고
나는 다시 버스를 타고 집으로 되돌아와야 했다.
다음 날에도 선생님은 버스정류장에 혼자 계셨고
나는 또 버스를 같이 탔다.
그날 이후 선생님은 수업이 끝나면 당연하다는 듯
나를 기다렸다. 부담스러웠다. 이십 대 초반의
내성적인 여대생이었던 나의 선택은 '도망'이었다.
나의 두 번째 피아노 수업은 그렇게 끝이 났다.

백일몽-Daydream │ 알폰스 무하Alphonse Marie Mucha │ 1000피스 │ 챔버아트

"엄마, 나 어렸을 때

피아노 배우고 싶어 했었던 거 기억나?

그때 좀 배우게 하지.

어렸을 때 배웠음 얼마나 잘 쳤겠어?"

"그때는 벌어먹고 사느라 아무 생각도 몬했다.

아침에 일어나자마자 느그들 밥 해 먹이고 일하러 가고,

하루 종일 일하고 집에 와서

또 느그들 밥 해 먹이고 씻기고 자고…

그때 차가 있었나 뭐가 있었나, 고마 다 걸어 다녔다."

피아노 좀 못 치면 어떤가.

명연주자의 연주를 들으면 그만인 것을.

빌헬름 켐프, 마르타 아르헤리치, 메나헴 프레슬러,

클라라 하스킬, 블라디미르 아슈케나지,

블라디미르 호로비츠, 알프레드 브렌델…

오늘은 메나헴 프레슬러의

모차르트 피아노 협주곡 23번을 들어야 할 것 같다.

땅에도 예쁜 게 많으니까

어느 날부터 엄만
꽃, 집, 나무, 숲보다 하늘을 더 좋아한다.
붉은 노을, 흰 구름 동실동실 떠 있는
푸른 하늘이 참 좋다 한다.

"엄마, 꽃 진짜 예쁘다. 집도 멋지고, 바다도 좋고…"

아직은 엄마가 땅의 것을 더 사랑했으면 좋겠다.
하늘의 것을 너무 좋아해서 급하게 가버릴까 봐 무섭다.
나는 어느새 세상 유일한 내편
내가 뭘 하든 다 오케이를 하는 내 마음의 고향
엄마가 떠날까 봐 무서워하는 나이가 됐다.

히아신스 공주 Princess Hyacinth | 알폰스 무하 Alphonse Marie Mucha | 1000피스 | 피아트닉

긴긴 밤

엄마, 빨리 나아서 일산시장 가자.

여린 열무 잔뜩 사서

양념장 맛있게 만들고

된장찌개 보글보글 끓이고

김이 모락모락 나는 밥 지어

양푼에 다 쏟아 넣고 참기름 깨소금 뿌려서

쓱쓱 비벼 먹자.

맛있겠지?

왜 대답을 안 해? 빨리 대답해.

맛있겠지?

그 밤
백병원 병실 구석에서
가겠다는 엄마의 발목을 기어이 부여잡고
대답을 듣겠다고 엄마의 배에 귀까지 들이댔다.

소리가 들렸다.
꼬르륵, 졸졸졸
시냇물 소리
별이 뜨고 지는 소리
바람에 나뭇잎 살랑살랑 춤추는 소리
아침 점심 저녁 밤 하루가 지나가는 소리
세월이 지나가는 소리
엄마가 나를 등지고 가버리는 소리.

가지 마.
나 혼자 두고 발이 떨어져?
왜 그렇게 매정해?
다시 일산시장 가자.
손잡고
같이 가자.

엄마는 대답했다.

코드블루로.

평생 같았던
긴긴 밤이 지나고
꿈인지 현실인지 모를 시간이 지나고
눈을 뜨니
엄마가 내 머리를 쓰다듬으며 말했다.

그래. 가자.
일산시장.
여린 열무 사서 양념장 만들어서 밥이랑 비벼 먹자.

어제 엄마와 일산시장에 갔다.
손 꼭 잡고
나란히.

시장에 나온 여린 열무만 보면
그 긴긴 밤이,
훌쩍 커버렸던 그 긴긴 밤이
시리도록 외롭고 무서웠던 그 긴긴 밤이
떠오른다.

밥 전쟁의 재구성

치즈를 넣고 돌돌 만 계란말이, 노릇노릇하게 구워낸 굴비, 무를 바닥에 깔고 간간하게 조린 갈치, 전기밥솥에서 조리해 낸 수비드 돼지고기 수육, 짜지 않은 간장게장. 아무리 맛있어 보이는 음식을 내어도 엄마는 젓가락도 대지 않는다. 밥에 간장을 찍어 몇 숟갈 뜨고는 이내 배부르다며 수저를 놓는다.

화가 난 나는 계란말이를, 굴비를, 갈치조림을, 수비드 수육을, 게장을 음식 쓰레기통에 처박아버린다. 그리고 소리친다.

"나도 안 먹어."

나는 단식투쟁에 돌입했다. 엄마에게 전기밥솥도 버리고, 김치도 다 버리자고 한다. 엄마는 마시는 단백질 음료를, 나는 즉석밥을 사 먹으면 된다고 아주 차가운 목소리로 말한다.

해가 지고 밥 때가 됐는데도 내가 밥을 안 차리자 엄마는 뭔가 이상하다고 느꼈던지 내 방으로 들어와 밥 안 먹냐고 물으신다. 나는 못 들은 척 모로 누워버린다. 엄마가 손수 밥까지 지었지만 나는 꿈적도 하지 않는다. 나도 참을 만큼 참았다. 다시 이불을 뒤집어쓰고 모로 누워버린다.

엄마가 내 침대 옆에 주저앉는다. 훌쩍훌쩍 작고 여린 엄마의 흐느낌 소리가 가느다란 실처럼 이불 안으로 기어들어온다. 듣기 싫어 벌떡 일어난 나는 다른 방으로 가버린다. 엄마의 흐느끼는 소리가 그림자처럼 질기게 따라붙는다.

뿔이 난 채로 책상 앞에 앉아 있는데 눈앞으로 젊은 시절의 엄마가 보였다.

엄마는 음식을 참 맛깔나게 드시던 분이었다. 칼국수 부글부글 끓여 양념장에 싹싹 비벼 드셨고, 시래기에 된장 쏙쏙 무쳐서 찌개 끓여 밥숟가락 위에 척척 얹어 드셨고, 김치 하나만 있어도 손으로 죽죽 찢어 밥 한 그릇 뚝딱 하셨다. 얼마나 맛깔나게 드시는지 옆에서 보고 있으면 절로 침이 꿀꺽 넘어갈 정도였다.

손은 또 어찌나 여문지 제사에 쓸 돔배기를 사면 껍질도 버리지 않고 탕국에 집어넣어 쫄깃하게 끓여내곤 했다. 문어는 통통한 것을 미리 주문해 냉동실에 꽝꽝 얼려놓았다가 제사상에 올렸고, 집 앞 정육점에서 맛있는 고기를 끊어와 참기름에 달달 볶아냈다. 작고 단단한 산 사과를 구해 신문지에 싸서 독에 넣어놓았다가 저녁에 하나씩 꺼내 깎아주기도 했다.

눈앞에 칼국수에 양념장을 싹싹 비벼 드시던 엄마가, 시래기를 밥숟가락 위에 척척 얹어 드시던 엄마가, 손으로 김치 죽죽 찢어 드시던 젊은 엄마가 보였다. 목이 멨다.

사람은 다 늙으니 엄마도 늙은 건데, 입맛도 떨어지기 마련인데, 이게 삶이고 이게 인생인데, 이게 자연인데. 나는 아직 받아들일 준비가 안 됐었나 보다.

화난 마음이 순식간에 측은함으로 바뀐다. 방으로 가 흐느끼는 엄마를 살포시 안는다. 아이처럼 훌쩍이며 엄마는 먹으려 해도 입맛이 없다고 속삭인다. 당신도 만약 나라면 정말 속상했을 거 같다고 한다. 내일 아침엔 먹고 토하는 한이 있어도 한 그릇 다 먹겠다 한다. 엄마, 괜찮아. 먹을 수 있는 만큼만 먹어. 이제 화 안 낼게. 다 괜찮아.

나에게도 언젠가 작은 새처럼 연약해지는 날이 올 것이다. 뭘 먹어도 맛있는 줄 모르고, 딱히 먹고 싶은 것도 없는 날이 올 것이다. 그때가 되면 오늘의 엄마가 떠오를 것 같다.

내일은 엄마 좋아하시는 땅콩 크림빵과 홍시를 사야겠다.

살아가게 하는 것

〈상두야 학교가자〉라는 드라마가 있었다.

주인공 상두의 직업은 제비였다.

제비 상두에게는 백혈병에 걸린 딸 보리가 있었다.

백혈병 치료비를 위해 상두는 제비 짓을 해야 했다.

보리를 낫게 하겠다! 라는 삶의 목표가

상두를 살아가게 한 것이다.

나에게도 살아가게 하는 게 있다.

내가 만든 고생의 길로 척척 걸어 들어가

한 바가지의 고통을 길러낸 후

평가받고, 찢어지고, 낙심하여

노란 배경의 아이리스 꽃병 Vase With Irises Against A Yellow Background

빈센트 반 고흐Vincent van Gogh | 1000피스 | 에드윈

물 한 모금도 못 넘긴 채 누워 있다가

끝내 일어나

한 바가지의 고통을 또 길어낸다.

돈을 주는 것도 아닌데도 한다.

때때로 천형 같고

때때로 십자가 같지만

끝내 나를 무릎 꿇게 하고, 항복하게 만들고,

기도할 수밖에 없게 하는 그 일이

어쩌면 나를 살게 했던 것인지도 모른다.

아이리스Irises | 빈센트 반 고흐Vincent van Gogh
1000피스 | 비앤비

이제 낙타는 도망갈 거야

내 친구는 가끔 듣고 싶은 대로 듣는데
나는 종종 그 친구가 부럽다.
모든 일을 사실 그대로 딱딱 다 알아들으면
얼마나 피곤하겠는가.
적당히 착각도 해주고,
적당히 잊어도 주고 그래야
이 괴상망측한 세상을 살아갈 수 있는 것 같다.

가끔 잠자리에서 이불 킥을 한다.
쓸데없이 또렷한 흑역사의 기억들 때문이다.

그때 병신같이 주눅 들지 말고 할 말 다 할걸.
뭐가 무섭다고 부들부들 떨었을까.
돌이켜보니
그런 세상 찌질한 놈이 없었는데 말이다.
미친 거 아냐. 나 왜 그랬다니!

이미 지나간 일이고 돌이킬 수도 없는데
흑역사는 껌처럼 끈덕지게 달라붙어 있다.
마치 낮에 나무에 묶어둔 낙타가
밤에 줄을 풀어주어도 도망가지 않는 것처럼.

이젠 용서하려 한다.
그들이 아니라 나를 용서하려 한다.

타인에겐 관대하고
나에게는 가혹하고 엄격했던
나를 용서하려 한다.

자꾸 자꾸 자꾸

엄마와 함께 헤나 염색을 했다.
서로의 머리에 염색약을 발라주고 랩으로 감싼 후
흘러내리는 땀을 휴지로 닦으며 세 시간을 보냈다.
머리를 헹군 후 햇볕에 비춰보며 깔깔거렸다.
꼼꼼한 엄만 내 머리를 잘 염색해줬고
성질 급한 나는 엄마 머리를 얼룩덜룩하게 해놓았다.
꼼꼼해서 웃고
얼룩덜룩해서 웃고.

문득
문득

이 시간이 얼마나 이어질까 생각한다.

엄만 언젠간 날 떠나겠지.
그땐 오늘 하루를 눈물나게 그리워하겠지.
헤나 염색약만 봐도, 아니
염색이라는 말만 들어도 그립겠지.

엄마 나 사랑해?
사랑해.
나도 엄마 사랑해.
동영상에 담아본다.
돌아가실 때를 생각하니 사랑하게 된다.
자꾸
자꾸
자꾸
사랑해줘도 모자란 시간이다.

에

필

로

그

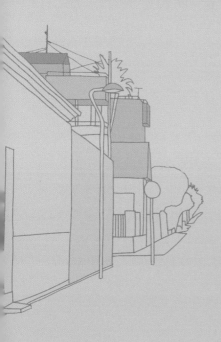

생각해보면 모두 기적

퍼즐은 완성하고 나면 선택을 해야 한다.

유액을 발라 액자를 만들지 아니면 뜯어버릴지.

(이때 난 완성작을 흐트러지지 않게 나누는

'등분 보관'을 알지 못했다.)

처음엔 액자를 만들었다.

엄마가 힘들게 맞춘 퍼즐을 뜯어버리기 아까웠으니까.

하지만 퍼즐 완성작이 하나씩 늘면서 액자도 같이 늘어갔다.

여기도 액자 저기도 액자, 온 사방이 퍼즐 액자.

이를 어쩌지. 결단을 내려야 했다.

뜯자!

우르르 쏟아져 내리는 퍼즐 조각.

1000피스를 며칠에 걸쳐 완성했지만 뜯는 건 한순간이었다.

온종일 만든 요리를 오 분만에 먹어치운 기분이 이럴까.

허탈했다. 몹시도.

허탈함을 채워 줄 무언가가 필요했다.

그때 퍼즐 카페를 발견했다.

엄마의 퍼즐 완성작을 사진으로 찍어 카페에 올렸다.

그냥 사진만 올리기엔 좀 밋밋한 것 같아

몇 줄의 글도 보탰다.

퍼즐을 맞추면서 느꼈던 감정이라든가

작은 에피소드 같은 소소한 뭐 그런 것들.

하나둘 완성작을 올리다 보니

사진 찍는 기술도 점점 늘고

등분 보관이라는 것도 알게 되었다.

퍼즐을 완성한 엄마에게 주는 선물로 인증사진도 찍었다.

처음에 엄마는 굳은 얼굴로 앉아 있었다.

하지만 사진을 찍을수록 표정이 다양해졌다.

새초롬하게 앉기도 하고 활짝 웃기도 하고

소파에서 찍다가 일어서서 찍다가

브이를 그렸다가 장난을 쳤다가.

엄마는 어느새 인증사진 찍는 것을 즐기기 시작했다.

카페에 올린 글에도 하나둘 댓글이 달렸다.
대부분이 엄마의 퍼즐 작업을 응원한다는
따뜻하고 사랑스러운 글이었다.
나는 카페에 올라온 댓글을 엄마에게 하나하나 읽어드렸다.
엄마는 자신이 맞춘 퍼즐을 사람들이 좋아한다는 사실에
용기를 얻었고, 퍼즐 맞추는 일을 더 즐기게 되었다.

어느 날 출판사로부터 카페에 올린 글을
책으로 엮고 싶다는 연락이 왔다.
엄마가 맞춘 퍼즐과 딸이 쓴 글이 책으로 나온다니
이 얼마나 기적 같은 일인가.
나는 흔쾌히 승낙했다.

하지만 원고를 완성하기까지는 시간이 조금 걸렸다.
엄마는 퍼즐을 빨리 맞추셨지만
내가 글을 늦게 올렸기 때문이다.

사실 나는 작가로서 꽤 힘든 시기를 보내고 있었다.
결승선 앞에서 매번 넘어지는 달리기 선수처럼
연이은 실패에 지쳐가던 나는 어느 날부터

노트북 앞에만 앉으면 토하기 시작했다.

가슴에 박힌 커다란 돌덩이 때문에 숨이 막혔고,

그만하지 않으면 죽을 것 같았다.

뭘 봐도 재미있지 않았고,

그 어떤 것도 쓰고 싶지도, 쓸 수도 없었다.

내가 만든 이야기들은 인생의 숙제처럼

길게 줄을 서서 나만 쳐다보고 있었지만

정작 나는 아무것도 할 수 없었다.

나는 청춘을 낭비했다는 자책감에 사로잡혀 있었으며,

빈 배처럼 떠돌았고, 좁은 방안에 갇혀 울고 있었다.

방을 박차고 나와 거실로 탈출한 나는

엄마와 나란히 앉아 퍼즐을 맞추었다.

한 조각 한 조각 퍼즐을 맞추며

나를 돌아보았고, 내 인생을 돌아보았고,

주님에게 왜 나를 이따위로 창조했는지 자꾸만 물어보았다.

그때마다 돌아오는 대답은 늘 똑같았다.

'네 삶은 오직 한 분 앞의 아름다운 예배란다.'

어떤 날은 화가 났고

또 어떤 날은 삐졌고
또 어떤 날은 눈물이 났다.
그 하루하루가 쌓이고 쌓여 책이 되었다.

얼마 전부터는 소설을 쓰고 있다.
소설로 표현하는 게 재미있는지는 아직 모르겠지만
나는 여전히 쓰고 있다.
비슷한 시기에 교육원을 나온 친구 중
아직도 글과 씨름하는 몇몇에 내가 포함되어 있다.
여기까지 온 것도, 아직도 쓰고 있다는 것도
생각해보면 모두 기적이다.

이 책은 나 혼자 쓴 것이 아니다.
퍼즐을 맞추고 완성한 숨은 조력자가 있는데
바로 우리 엄마다.
예쁜 우리 엄마의 퍼즐 완성작 인증사진을 함께 싣는다.
그리고 나의 찐 자매이자 캔사스의 글로벌 리더 우리 언니와
내가 작가가 맞는지 의문을 제기할 때조차
나를 '작가'라고 불러주는 친구들,
무엇보다 늘 옆에서
모든 것을 가르쳐주시고 동행해주시는
주님께 이 책을 바친다.

뜻밖의 기쁨과 행복을 찾는 우리에게
언젠가 눈물나게 그리워할 하루

지은이 안정희

1판 1쇄 인쇄 2023년 8월 2일
1판 1쇄 발행 2023년 8월 18일

펴낸곳 (주)지식노마드
펴낸이 노창현
표지 및 본문 디자인 박재원
등록번호 제313-2007-000148호
등록일자 2007. 7. 10

(04032) 서울특별시 마포구 양화로 133, 1201호(서교동, 서교타워)
전화 02) 323-1410
팩스 02) 6499-1411
홈페이지 knomad.co.kr
이메일 knomad@knomad.co.kr

값 16,800원
ISBN 979-11-92248-12-7 03810